喉奥から嬌声がほとばしり、
今度こそ津田は何も考えられなくなった。
背後からしっかりと津田を抱きしめた深町が、
耳の裏をねっとりと舐め上げて耳朶をしゃぶる。

AZ NOVELS

真夜中に揺れる向日葵《ひまわり》

高塔望生

CONTENTS

CONTENTS

ILLUSTRATION
高峰顕

真夜中に揺れる向日葵《ひまわり》

繁華街から道を外れ裏通りへ入ると、急に人通りが少なくなっていた。

夜道に、コツコツとふたり分の靴音が響く。

一歩先を足早に歩いていく、名前も知らない堂々たる体軀《たいく》の男の背中を、津田真澄《つだますみ》は吹きつける北風に身を竦《すく》めるようにして見つめた。

トレンチコートを着ていても、男の肩幅が広く胸板が厚いのがよく分かる。

身長は、おそらく一八〇センチを優に超えているだろう。年齢は、津田より少し上、三十四、五といったところか——。

振り向きもせずに歩いていく男は、津田の気が変わることなど考えてもいないらしい。

男とは、つい先ほど知り合ったばかりだった。

ゲイバーで自棄《やけ》酒をがぶ飲みしていた津田に、男が声をかけてきたのである。

眉《まゆ》が濃く目鼻立ちのはっきりとした、精悍《せいかん》で野性的な風貌《ふうぼう》の男だった。

くっきりとした二重《ふたえ》瞼《まぶた》の目はやや吊《つ》り気味で、薄めの唇に浮かぶ微笑《ほほえ》みに眼差《まなざ》しの鋭さを巧みに隠しているような印象を受けた。

一瞬、ヤクザかと思うような迫力も感じさせたが、男に暴力的な雰囲気はないように思った。

だからか——。

津田にとって、普段なら素性も知れない男の誘いに乗るなど論外である。

でも、今夜はどっぷりと自虐的な気分に浸りきっていたせいもあって、酔いに任せるようにつ いうなずいてしまった。

だが、冷たい夜風に吹かれて歩いたせいか、酔いは急速に醒《さ》めつつあった。

俺は何をしようとしているんだ――。

津田の無言の呟《つぶや》きが聞こえたかのように、不意に男がビルの入り口で立ち止まり振り向いた。

それほど大きなビルではなく、一見どこにでもある雑居ビルのようなシンプルな外観だが、そ こがラブホテルの入り口であることくらいは、その手の事情には疎い津田にも分かった。

思わず立ち止まった津田を、改めて品定めでもするかのように男が上から下まで見つめてくる。

手足が長いせいか、津田は実際よりほっそりと華奢《きゃしゃ》な印象を見る者に与えるようだった。

太からず細からず形よく整った眉。長い睫毛《まつげ》に縁取られた黒目がちの目は奥二重で、鼻筋はす っきりと細く通っている。

その中性的で優しげな美貌《びぼう》を、スクエアで細身の眼鏡《めがね》がシャープに引き締めていた。

「どうした?」

竦んだように立ち止まったままの津田の耳に、男の深みのある低い声が挑発するように響いた。

「怖じ気《おけ》づいたか」

揶揄《やゆ》するように言われると、津田は生来の負けず嫌いからつい反射的に首を振った。

「別に……」

今さら後には引けない思いで言い返すと、津田は男の横をすり抜けるようにして、自ら入り口の自動ドアを潜《くぐ》った。

エントランスに入ると、目の前にずらりと部屋の写真が並んだボードがあった。

ぎょっと目を見開いた津田の横で、追いついてきた男が馴《な》れた様子でボタンを押す。

すると、まるで自動販売機のように下からキーが出てきた。

あまりに素早い動作で、津田には男がどの部屋を選んだのかさえ分からなかった。

思わず目を瞠《みは》った津田を見て、男が喉《のど》の奥で低く含み笑っている。

「行こうか」

耳元で熱っぽく囁《ささや》かれると、津田は最後の逡巡《しゅんじゅん》を振り払うように黙って小さくうなずいていた。

最上階でエレベーターを降りた途端、男が肩を抱き寄せてきた。

驚いて振り払った津田を見て、男は苦笑交じりに肩を竦めている。

「大丈夫だよ。この階には、俺たちが使う部屋しかないから。誰《だれ》にも見られる心配はない」

「いつも、ここを使ってるのか?」

「相手によりけりだな。サウナの大部屋を梅だとしたら、ここはさしずめ松ってところか」

言うなり、男は津田のスーツの衿《えり》についた金色の弁護士バッジを指先でピンと軽く弾《はじ》いた。

「やっぱりまずいだろ。弁護士先生がサウナの大部屋なんか使ってたら」

ギクリと強張《こわば》った津田を、男は面白そうに見ている。

「うっかり忘れてたんだろう。ずいぶん、荒れた飲み方してたもんな。男にでも振られたか」

生々しい傷痕《きずあと》に素手で触れられたように胸の奥が痛み、津田は唇をきつく噛《か》みしめた。

「図星か」

低く呟くと、男はそれ以上は何も言わず手の中でもてあそんでいたキーで部屋のドアを開けた。

中は、オレンジを基調にした清潔感のある明るい雰囲気の部屋だった。

ベッドサイドの壁面のやたら大きな鏡さえなければ、シティホテルの部屋と言っても通りそうな感じである。

けばけばしい、いわゆるラブホテル然とした派手な部屋を想像していた津田は、内心でホッと胸を撫《な》で下ろした。

一方で、何をどうすればいいのか分からないような、居たたまれなさに包まれていた。

突っ立っている津田をチラリと見やり、男はコートとスーツの上着を脱ぎ捨てている。

「先に風呂《ふろ》入っていいぜ」

ネクタイを弛《ゆる》めながら言った男の声に返事もせず、半ば逃げるように飛び込んだバスルームには、七色に光るハート型のジェットバスが設《しつら》えられていた。

高校時代から、津田は弁護士になるのが夢だった。

大学の法学部へ進み、司法試験を目指して四年間勉強に励んだが、残念ながら在学中に合格することはできなかった。

経済的な事情もあって司法試験浪人を断念した津田は、大学卒業後、大手商社へ就職した。

仕事は面白かったし、やり甲斐《がい》も感じていた。

でも、やっぱり夢を諦《あきら》めることはできなかった。

四年後、海外転勤を言い渡されたのを機に退職に踏み切った津田は、貯金を取り崩しアルバイトをしながら司法試験に挑戦し続け、ついに三年目で合格を果たした。

それから二年の司法修習を終え、ようやくこの春から念願の弁護士として働き始めた津田は、日々厳しさを実感しながらも充実した生活を送っていた。

唯一の難点は、司法修習生の同期で、任官して検事となった恋人、落合《おちあい》が仙台地検勤務となってしまったことだった。

東京と仙台——。

新幹線で二時間足らずだが、仕事の帰りにちょっと会うというわけにはいかない。

しかも、新任検事と新米弁護士で、お互いに勉強しなければならないことは山積している。

必然的に、多忙を極めるふたりが会えるのは、月に一度がやっとという状況になっていた。

物理的な距離は、心のスタンスと正比例するものなのかもしれない。

ラブホテルのバスルームで熱いシャワーに身を晒《さら》しながら、津田は唇を噛みしめた。

久々に土曜半休が取れた津田が、午前中の仕事を終えて駆けつけた東京駅から、東北新幹線に飛び乗ったのは今日の昼過ぎだった。

落合と会うのは一ヶ月半ぶりだった。

しかもこのところずっと日帰りばかりだったから、空白を埋めるように抱き合うのが精いっぱいで、ろくに話をすることもできなかった。

でも今回は、一晩仙台に泊まることができる。

一緒に酒を飲みながら、お互いの近況もゆっくり話したい。

そんな期待に胸を膨らませて落合の住む部屋へ到着した津田を待っていたのは、恋人の優しいキスでも抱擁でもなく耳を疑う暴言だった。

『お前も好きだよな。ヤルだけのために、わざわざ仙台まで来るんだから』

昼間から飲んでいた落合は、嘲《あざけ》るような薄笑いを浮かべ、酔いの滲《にじ》んだ声で言った。

『そーいうの、なんていうか教えてやろうか？　ヤリマンっていうんだぜ』

一瞬言葉を失い、津田は落合の端整だがともすれば貴族的な冷たさを感じさせる顔を見つめた。

津田より四歳年下のせいか、日頃から落合は何か嫌なことがあると、酔って津田に八つ当たりする悪い癖がある。

それにしても、こんなひどいことを言われたのは初めてだった。

『…そんな言い方ないだろう。どうしたんだ。何かあったのか？』

ズキリと傷ついた思いをかろうじて押し殺し気遣った津田を、落合は鼻先であしらった。

『事実を言ったまでじゃないか。わざわざ新幹線に乗って、三時間近くもかけて俺に抱かれに来るんだ。お前さ、誰か他にヤッてくれるヤツいないの？』

『どういうことだよ』

さすがに聞き捨てならないセリフに、覚えず声が低くなっていた。

怒りが熱い塊になって迫《せ》り上がり、喉元まで突き上げてくる。

『何があったのか知らないが、言っていいことと悪いことがあるだろう』

『おお、こわ……。そんな青筋たてて睨《にら》むなよ。美人が台無しだぜ』

落合の戯《おど》けたような言い方は、津田をさらに深く傷つけていた。

『帰る』

そう言い捨てるなり玄関へ向かおうとした津田の腕を、落合が素早く摑《つか》み、抱き込もうとする。

『せっかく来たのに帰ることないだろう。今、抱いてやるから』

酒臭い息を吹きかけるように言った落合の腕を邪険に振り払うと、津田は無言のまま正面切って見据えた。

『…なんだよ。なんか文句あるのかよ。お前の取り柄なんて、その顔と身体《からだ》だけじゃないか』

頭の中が白く凍りついたようになって、津田は大きく目を見開いた。

『怒ったのか……』と落合は下卑た薄笑いを浮かべて言った。

『俺は本当のことを言ったまでだ。お前みたいに、普段は真面目《まじめ》な堅物ぶってるヤツに限って、本性は淫乱《いんらん》だったりするんだよな。もっとも、その落差がたまらないんだけどさ』

落合は当たり散らしているのではなく、酔いに任せて本音をさらけ出しているのだ。

そう気づいた瞬間、身体がふるえだしてしまいそうなほど激しい怒りが、出口を求めて津田の心奥で逆巻いていた。

同時に、こんな男を愛した自分の見る目のなさにも、ほとほと嫌気がさしてしまう。

『別れる！　今日限り、もう二度と会わない！』

投げつけるように宣言すると、津田は落合の返事を待たずに外へ飛び出していた。

マンションの外廊下を走り階段を駆け下りると、折よく走ってきた空車を停め乗り込んだ。

タクシーのドアがバタンと音を立てて閉まった瞬間、津田は胸の裡《うち》で渦を巻く激情に呑《の》まれまいと何度も深呼吸を繰り返した。

厳しかった司法修習時代の苦労をともにし、二年あまりもつき合った男と、よもやこんな別れ方をすることになるとは思ってもみなかった。

足を滑らせてどぶ川へ落ち込んだような、ひどく惨めで情けない気分だった。

仙台駅へ直行し、発車間際だった東京行きの新幹線に飛び乗った津田を、さすがにまずいと思ったらしい落合の電話が追いかけてきた。

仕事でつまらないミスをして上司に叱責《しっせき》され、鬱憤《うっぷん》が溜《た》まっていたのだとしきりに詫《わ》びる。

でも、ぐずぐずと並べ立てられる落合の言いわけは、どれも津田の耳を素通りしていった。

何を言っても津田の決心が変わらないと知った途端、落合は一転して開き直った。

『ま、お互い充分楽しんだんだし。そろそろ次へいってもいい頃ではあるよな。どうせお前だって、東京には東京の相手がいるんだろ?』

津田は耳を疑った。

それは、落合には津田とは別に、仙台の相手がいるということと同義である。

『いたって別に構わないさ。お前みたいな淫乱が、たまにしか会えない俺ひとりで我慢できるはずないんだから』

自分の懐の深さでも見せつけているつもりなのか、落合は無神経なセリフを垂れ流していた。

つまりそれは、落合にも浮気を容認しろということか——。

バカにするな!

あまりの言いぐさに返事をする気にもなれず、津田は黙って携帯電話を切り、電源を落とした。

でも、それから東京までひとり新幹線の無機質な車内で揺られているうちに、意外にも津田の怒りには地震の後の液状化現象のように苦い自己嫌悪が吹き出し、入り混じり始めていた。

自分の顔と身体に自信を持ったことなど過去一度もないけれど、もしかしたら落合の言うとおり自分は淫乱なヤリマンだったのかもしれない——。

時間がないからと、会うなりもつれるようにベッドへ倒れ込み貪《むさぼ》り合って、ろくに話をする暇もないまま最終の新幹線で東京へとんぼ返りをする。

考えてみれば、もう何度もそんなことを繰り返してきた。

落合と恋愛をしていると思っていたけれど、結局、自分はただ単にセックスをするためだけに、仙台へ通っていたのではなかったか――。

まるで二日酔いの吐き気のように、その考えは瞬く間に身体中に充満し津田を息苦しくさせた。

あまりにも呆気《あっけ》ない恋人との決別と、振り払おうとしても振り払えない重苦しくまとわりつく泥のような自嘲《じちょう》――。

東京駅へ着いても、傷心を抱えたまま誰もいない部屋へ帰る気にはどうしてもなれなかった。

途中下車して通りすがりのゲイバーへふらりと入り、津田は自棄酒をあおった。

そんな津田に『俺と遊びに行かないか』と声をかけてきたのが、ベッドルームで津田を待っているあの男だった。

「なんだよ、また飲んでるのか。もういいかげんにしろよ」

津田と入れ替わりにバスルームへ消えた男は、戻ってくるなり備えつけの冷蔵庫から出した缶ビールを飲んでいる津田を見て眉をひそめた。

腰にバスタオルを巻いた男の胸板は、想像していた以上に逞《たくま》しかった。存外に着瘦《きや》せするタイプなのかもしれない。引き締まった筋肉質の身体は、一見してよく鍛えられていることが分かる。

「何があったか知らないが、もう何も考えるな。今夜は俺が全部忘れさせてやるから」

言うなり、男は津田から缶ビールを取り上げ、ベッドへそっと押し倒すと眼鏡を外した。

キスをしながら、器用にバスローブの紐《ひも》を解き、晒された胸を撫でるようにまさぐる。

親指の腹で乳首を潰《つぶ》すようにいじられると、むず痒《がゆ》いような快感が波紋のように広がった。

男の思いがけない優しさと巧みな愛撫《あいぶ》に、津田の強張りが徐々に解きほぐされていく。

口の中では、男の舌が柔らかく探っていた。舌先で口蓋《こうがい》を舐《な》め、唇の裏や歯列を辿《たど》る。

下唇を甘嚙みされると、津田は背筋をゾクリとふるわせた。

「…んっ…ふっ……」

思わず洩《も》れた自分の喘《あえ》ぎ声に、津田は突然、現実に引き戻されたように閉じていた目を開けた。

初めて会ったばかりの、名前も知らない男に抱かれているというのに、どうして俺はこんな声をあげているんだ——。

惘然《ぼうぜん》と目を見開いた津田の喉元を強く吸うと、男は今度は乳首をしゃぶった。

まるで飴玉《あめだま》でも転がすように舌先で刺激されると、また声が洩れそうになり、津田はきつく唇を嚙みしめた。

男の熱い掌《てのひら》が脇腹《わきばら》を撫で下ろし、やんわりと津田を握り込む。

身体は熱を持ち始めているのに気持ちが混乱しているせいか、津田は力を失ったままだった。

それを掌で揉《も》み込むようにして軽く上下に擦《こす》ると、男は半勃《はんだ》ちになった津田を口に含んだ。

「…あっ……」

小さく声をあげ、身を捩《よじ》って逃れようとするのを苦もなく押さえつけると、男は喉の奥まで含み、きゅっと吸い上げるようにした。

「は…ぁっ……」

堪《こら》えきれず、津田の口から熱を持った吐息が洩れていた。

嫌だ、と津田は心奥で叫んだ。

この男に抱かれることではない。会ったばかりの男に身を任せて、こんなふうに感じている自分の浅ましさが許せないのだ。

それなのに、身体の奥にともった熱は、そんな津田の意識を無視してどんどん育っていく。

『お前も好きだよな。ヤルだけのために、わざわざ仙台まで来るんだから』

不意に、津田の脳裏に落合の嘲るような声が響いた。

『お前みたいに、普段は真面目な堅物ぶってるヤツに限って、本性は淫乱だったりするんだよな。もっとも、その落差がたまらないんだけどさ』

思わず、顔を背けるように横を向くと、両脚を大きく開いたあられもない自分の姿が壁の鏡に映っていた。

ラブホテルなんか使ったことはなかったから、自分のこんな姿を見るのは初めてである。

まるで自分の淫《みだ》らな本性が赤裸々に映し出されたような衝撃に、津田は目の前で繰り広げられているはしたない光景から、どうしても目を逸《そ》らすことができなかった。

落合の言うとおりだ。やっぱり俺は、ただのいやらしい淫乱だったんだ——。

足下が崩れ落ちるような絶望感に、泣きだしてしまいそうだった。

「勃ってきたな」

そんな津田に、男の低い囁きがとどめを刺した。

何もかも諦めてしまったかのように、津田は身体のすべての力を抜いて四肢を投げ出した。

四つん這《ば》いにされ、腰を摑まれると、狭間《はざま》の奥にローションの滴りを感じた。

進入してきた男の太い指が、津田の快楽のポイントを探るように粘膜をかき回す。

「あっ!」

咄嗟《とっさ》に出た津田の声の跡を辿るように、男の指が津田の内部を強く押し上げる。

「…あっ……んぁっ……あぁぁっ……!」

「いい声だ」

含み笑うように言われ、津田は羞恥《しゅうち》のあまり消え去ってしまいたかった。

差し込まれた三本の指が、まるで別々の意思を持った生き物のように津田の内部で蠢《うごめ》いている。

同時に、前へ回された手がやわやわと揉みしだくように、津田を扱《しご》いている。

くちゅくちゅと、聞くに堪えない音が響く。

「はぁ…っ、ぁっ、んっ…や……も、もう……」

身体を支えていられず、津田はシーツに突っ伏して身悶《みもだ》えた。

高々と腰だけ突き上げた自分の格好を思うと、消え入りたいほどなのに、止めどなく声が溢《あふ》れ
太股《ふともも》のつけ根が痙攣《けいれん》してしまう。

もう嫌だ。鼻先に自分の浅ましさを突きつけられたようで耐えられない。

それなのに、入り口に硬い先端が押し当てられると、背筋を甘い痺《しび》れが走り抜けていった。

男の指にさんざん馴らされた最奥が、熱を持ってひくついているのが自分でも分かる。

最低だ――。

胸の裡で吐き捨てるのと同時に、男がぐっと押し広げるように入ってきた。

津田の背中に男の胸がピタリと重なり、内奥で男がドクンドクンと息づいている。

「いいよ。すごくいい」

耳元で、男が艶《つや》めいた声で言った。

無言のまま、津田は男の顔をちらりと流し見た。

途端、男が「うっ」と小さく呻《うめ》いた。

「…くそ……。色っぽい顔して煽《あお》るなよ」

息を詰めるように言うと、男の抽挿が始まった。

ずるりとぎりぎりまで引き抜かれ、一気に穿《うが》たれる。

「あぁぁっ……！」

背骨の中心を電流が走り抜けたような衝撃に、津田は嬌声《きょうせい》をあげて仰《の》け反《ぞ》った。

無意識に逃れようとするのを抱え込まれ、指先で乳首を揉まれる。同時に身体がずり上がるほど深く攻め込まれ、再び堪えきれない声が洩れた。

恥じらいもなく身悶え、息が詰まりそうなほど喘ぎながら——。

一方で、津田の心の底には妙に冷静な部分が、凝《しこ》りのように残っていた。

身体のテンションが熱く燃え上がれば燃え上がるほど、凝りは冷たさを増していく気がする。

心と身体が乖離《かいり》してしまって、うねるような興奮についていけない。

これほど激しく感じているのに、こんなにも惨めで哀《かな》しい——。

男に摘《つま》まれた乳首が、じんじんと甘く痛んでいる。

でも、その痛みは津田の胸の内奥へ沁《し》み通り、別のまったく違った痛みを喚起している。

不意に、男の動きがさらに激しさを増していた。

津田の混乱に気づいたのか、それとも単なる偶然かもしれない。

だが、まるで分離してしまった津田の身体と心を縫い止めようとするように、男の切っ先が津田の内奥を容赦なく刺激する。

「んっ…あぁっ……あ――――っ」

自分があげた一際甲高い嬌声を、どこか遠く響く他人の声のように聞きながら、津田は男に引きずられるようにして、しゃにむに頂点へと駆け上がっていった。

夜明け前に、タクシーを飛ばして帰り着いた自分の部屋は、寒々と冷えきっていた。

昨日の朝、週末は久々に恋人とゆっくり過ごせると、弾むような気持ちで張りきって仕事に出かけていったことを思うと、胸の奥をかきむしられるように辛《つら》かった。

身も心も疲れきっていて、コートも脱がないままソファにへたり込むと、もう指一本動かすのも億劫《おっくう》な気がする。

本当にひどい一日だった。

まるで、螺旋《らせん》状に滑落していくジェットコースターの歯止めが利かなくなって、谷底に叩《たた》きつけられ木っ端微塵《みじん》になったようだと思う。

のろのろと身を起こし、沁み入るようなため息をつきながらネクタイを引き抜くと、不覚にも涙が溢れていた。

泣くまいときつく目を閉じても、瞼の間から流れ出る涙は一向に止まらない。

突き上げる嗚咽《おえつ》を洩らすまいとして津田は両手で顔を覆うと、切れそうなほど唇を噛みしめた。

口惜しい。

二年あまりもかけて、大切に育《はぐく》んできたつもりの落合との関係が、あんなにも脆《もろ》く虚《むな》しいものだったとは――。

出会ってからずっと、自分は落合の何を見つめ続けてきたのかと思うと、自分の男を見る目のなさに臍《ほぞ》を嚙む思いだった。

不意に、そうじゃないだろう、と睡眠不足の頭の隅で響いた冷たい声に、津田はエアポケットに落ち込んだように硬直した。

確かに、落合が最低の部類に入る男だったことに間違いはない。

では、自分はどうなのだ。

偉そうに清廉潔白を気取ってみても、実態は落合と大差ない男だったのではないか――。

苦い自嘲が込み上げていた。

大差ないどころか、落合に指摘されて初めて自分の猥《みだ》りがわしい正体に気づいた有様だ。

津田は、ホテルの部屋に残してきた名も知らぬ男のことを思った。

朝になって、津田が姿を消していることに気づいたら、あの男はどう思うだろうか。

後腐れがなくて、かえって助かったとホッとしているかもしれないな。

胸の裡でそう苦く呟くと、津田は居たたまれなさに前髪をかき上げた。

ゲイバーで知り合ったばかりの、行きずりの男とホテルへ直行するなんて――。

よもやそんなことが自分にできるとは、思ってもいなかった。

急坂を力ずくで引きずり上げられたような最初の絶頂の後、それから津田はさらに二回、男の手で達《い》かされた。

その間、会話はほとんどなく、ただ溺《おぼ》れるようにセックスを続けた。

泣き咽《むせ》ぶように喘ぎ、息も絶え絶えになるほど身悶え、最後の三回目の時は頭の芯《しん》が白く溶け崩れていくようだった。

よく、あのまま、失神するように眠り込んでしまわなかったものだと思う。

潮が曳《ひ》くように興奮の余韻が冷めていくにつれ、薄い膜がかかったようだった津田の意識は急速に覚醒《かくせい》していった。

酔いも醒め冷静さを取り戻した津田を襲ったのは、猛烈な後悔の念だった。

自分はここで何をしているのか——。

傍らで、津田の肩を抱いたまま熟睡している名も知らぬ男の顔を、津田はじっと見つめた。

唇の端に微《かす》かな充足の笑みを浮かべて眠っている男は、鋭い目が隠されているせいか、少年のような無邪気ささえ感じさせた。

思いの外、長い睫毛が時々ふるえているのは、何か夢でも見ているからだろうか。

ゲイバーで知り合ったばかりでまだ名乗り合ってもいない男と同衾《どうきん》しながら、こんなにも無防備な寝顔を見せるなんてと内心呆《あき》れてしまう。

よほど剛胆なのか、それとも津田を見くびっているのかもしれない。

どちらにしろ、この男にとってこんなことは日常茶飯事なのに違いなかった。

行きずりの関係だが、幸いにして手荒く扱われることもなく、ひどいことは何もされなかった。

屈辱的な奉仕を要求されるかもしれないと思っていたのだが、それすらも杞憂《きゆう》に終わった。

『何があったか知らないが、もう何も考えるな。今夜は俺が全部忘れさせてやるから』

その言葉どおり、男は津田を昂《たか》ぶらせ狂わせることにのみ、専心していたように思う。

悪い男ではなかった気がする、と津田は心密《ひそ》かに思っていた。

それでも、このまま男と朝を迎えることはできない。

そう思うと、津田は男を起こさないようにそっと足音を忍ばせてベッドを出て、シャワーも浴びずに手早く服を身につけた。

部屋を出ようとして、津田が支払うべきホテル代はいくらくらいなのだろうと考えてしまった。

ビジネスホテル並みの料金として、自分が飲んだビール代も含めて一万円あれば足りるだろう。

そう考えて、ベッドサイドのテーブルに一万円札を一枚だけ置いて部屋を出た。

それから息を詰めるようにしてエレベーターに飛び乗り、小走りにホテルの外へ出た。

夜明け前のまだ真っ暗な中を、大通りへ向かって半ば逃げるように足早に歩いていると、一足ごとに腹立たしいやりきれなさが身体の奥底まで沁み入ってきて、津田の身も心も冷たく重く強張らせていった——。

胸の底を浚《さら》うような長く尾を引くため息をついて立ち上がると、津田はようやく気づいたようにヒーターのスイッチを入れた。

それから、着ている物をすべて脱ぎ捨て、熱いシャワーを浴びた。

忘れようと思っていた。

落合との二年あまりも、あの行きずりの男とのことも、何もかもすべて一夜の悪夢だったと忘れてしまわなければならない——。

会社を辞めてから、司法試験に合格するまで津田は三年を要していた。

そして二年間の厳しい司法修習を乗り越え、ようやく念願の弁護士として法曹の道を歩きだしたばかりなのだ。

考えてみれば、恋愛などにうつつを抜かしているヒマはなかったのかもしれない。

落合との思いがけない別れは、今は仕事に専念しろという警告だったと思えば納得もできる。

行きずりの男とのことからはあえて目を逸らし、津田はそう自分に言い聞かせた。

深く息を吸い込むと、津田は自身を叱咤《しった》するように降り注ぐ湯の中で昂然《こうぜん》と顔を上げた。

落合が検事で、津田は弁護士だった。

この先、ふたりが法廷で対峙《たいじ》する日が来ないとは言いきれない。

その時に、是が非でも落合が舌を巻くほどの弁護士になっていたいと津田は切望した。

負けたくないと強く思う。

落合にだけは、何があっても絶対に後れを取りたくない。

水栓をきゅっと捻《ひね》って湯を止めると、津田は大きく目を見開いた。

そのためには、勉強しなければと思う。

弁護士として、もっと貪欲《どんよく》に経験を積まなければならない。

そうして、世間の耳目を集めるような大きな事件を扱える弁護士になって、落合を見返してやるのだ。

自分自身を鼓舞するように、津田はそう何度も胸の裡で繰り返していた。


週明け、後悔にまみれた重い気持ちを引きずったまま、津田は通勤電車に揺られていた。

吊革にぶら下がって地下鉄の暗い車窓をぼんやり見ていると、週末の夜の出来事が不意に生々しく蘇《よみがえ》ってきて、胃を鷲《わし》摑みにされたような居たたまれなさに包まれてしまう。

息苦しさを吐き出すようにため息をつくと、津田は足下に視線を落とした。

忘れよう。忘れるんだ。

もはや自分の中で呪文《じゅもん》と化してしまった言葉を何度呟いても、怒濤《どとう》のような週末の出来事はどれ一つ取っても、すぐに記憶から消し去ることはできなさそうだった。

停車案内の車内放送が流れ、電車がホームに滑り込んだ。

押し合いへし合いする人波に乗って電車から降り立つと、津田は心奥の煩悶《はんもん》を振り払うように小さく頭を振った。

ここから先は、私事に囚《とら》われてはいられない。

黙々と職場へ向かう人の群れの中を、津田も足早に歩きだした。

プロの弁護士として、依頼人のために全力を尽くさなければならないのだから――。

津田が勤めるフェアネス法律事務所には、二十名ほどの勤務弁護士が籍を置いていた。

弁護士事務所としては比較的規模が大きい方で、不動産や離婚などの一般民事事件の他に、大規模倒産や渉外事件なども取り扱っている。

守備範囲が多岐に亘《わた》るため、津田のような駆け出し弁護士が実務経験を積むにはもってこいの職場と言えた。

「おはようございます」

「あっ、津田先生！　いいところへ！」

強いて声を励まし明るく挨拶《あいさつ》をした津田の声と、先輩弁護士である岩田《いわた》の声が重なった。

岩田は津田と年齢はさして変わらないのだが、大学在学中に司法試験に合格しているため弁護士歴は津田よりずっと長い。

そのせいかエリート意識がかなり強いようで、津田はあえて気がつかないふりをしているが、日頃から遅れて弁護士になった津田を見下しているような素振りを見せることが多かった。

いつも髪をきっちりと撫でつけ、ブランド品を身につけている。引き締まった細面の顔は理知的だが、やや親しみにかける冷ややかさを感じさせた。

「ちょうどいいところへ。津田先生にぴったりの相談が入ってますよ」

三つ揃《ぞろ》いスーツのベストのポケットに両手を入れ、岩田は胸を反らすようにして津田を見た。

また何か、自分では手がけたくない事件を、岩田は津田に押しつけようとしているらしい。

いつものことだったが、ここへ来るまでの間にせっかく入れ直した気合いが萎《しぼ》んでいきそうで、津田は押し殺したため息をついた。

理想と現実のギャップは、そう簡単には埋まらない。

「それじゃ、こちらの津田弁護士がお話を伺いますので」

そんな津田の苛立《いらだ》ちにも気づかず、岩田は衝立《ついたて》の陰の応接スペースをひょいと覗《のぞ》き込み言った。

それから、津田の耳元へ顔を寄せ、命令するように囁き込んだ。

「聞くだけ聞いたら、帰ってもらってください。いいですね」

「どういうことです」

「交通事故の相談ということで予約してきたんだけど、どうにも筋が悪くてね」

筋が悪いとは、勝ち目が薄いということである。

要するに、体よく追い返せということらしい。

眉を寄せた津田にニヤリと笑うと、岩田は何か予定でもあるらしく肩で風を切るようにして颯《さっ》爽《そう》と事務所を出ていってしまった。

バタンと音を立てて閉まったドアを憮然《ぶぜん》として見ていた津田は、背後からおずおずと声をかけられ慌てて振り向いた。

「あの……」

ややくたびれた地味な紺のスーツを着た、実直そうな若い男性が不安そうに立っていた。

ひどく疲れているように見えるのは、撫で肩のせいだろうか。

縋《すが》りつくような目つきで、津田をじっと見つめている。

「あっ、すみません。津田と申します。岩田弁護士に代わりまして、お話を伺います」

懐から出した名刺を差し出しながら津田が会釈すると、男性はほっとしたようにうなずいた。

「交通事故のご相談ということですが、どういったご相談でしょうか」

「弟がひき逃げされて死んでしまったのに、警察は捜査してくれないんです」

改めて案内した相談室で向き合うと、宮下修一《みやしたしゅういち》と名乗った男性は思いつめた声で言った。

「検察審査会への異議申立手続きは、弁護士さんにお願いした方がいいと聞いたものですから」

「失礼ですが、ひき逃げされたという何か証拠はあるんですか？」

岩田弁護士に言われた筋が悪いという言葉が頭にあった津田は、慎重に言葉を選びつつ訊《き》いた。

「もちろんです！」

勢い込んで答えるなり、宮下は携えてきた鞄《かばん》の中から分厚いファイルや茶封筒を取り出した。

ファイルには、被害者である、宮下の弟孝司《こうじ》の遺体の写真や事故現場の写真が何枚もあった。

「これを見てください。この傷！　これは絶対に車にぶつけられてできた傷に違いありません」

ファイルを広げ、写真に写った弟の脚を指さしながら、宮下は必死の面持ちで津田に訴えた。

「でも、警察はひき逃げではないと判断したんですね。司法解剖はなさらなかったんですか？」

細く形のよい指先で眼鏡を押し上げながら津田が訊くと、宮下は口惜しげに唇を噛みしめた。

宮下のたったひとりの弟孝司が、自宅近くの路上で倒れているのを通りかかったタクシーに発見されたのは、三ヶ月前の早朝のことだった。

孝司はすぐ病院へ収容され手術を受けたが、一度も意識を回復することなく三日後に死亡した。

「警察は最初、ひき逃げの可能性もあると言って、緊急配備をしいてくれたんです。それなのに、手術を担当した脳外科医が、孝司の死因はひき逃げによる外傷性ではなく、内因性のくも膜下出血だと診断したために、その日のうちに緊急配備は解除されてしまったんです」

手術を担当した脳外科医がそう診断を下したのなら、宮下には気の毒だが、孝司はひき逃げではなく病死なのではないかと津田は思った。

だが、その点をどうやって宮下に納得してもらうべきか——。

困ったなと思いつつ、津田は宮下が持参した茶封筒から主治医の診断書を取り出した。

それによると、孝司は歩行中にくも膜下出血という病的発作を起こしたため路上に転倒し、右側頭部を強く打撲したとある。

「矛盾はないか……」

低く呟いた津田に、宮下は食いつかんばかりに身を乗り出してきた。

「でも津田先生！　だったら、孝司のこの脚の傷はどう説明するんですか!?　この左顎《ひだりあご》の傷は!?　歩いてて右側に転んだだけなら、どうして顔の左側にまでこんな傷がつくんです!?」

宮下の勢いに気圧《けお》され、津田はもう一度ファイルの写真を真剣に見つめた。

「両親を早くに亡くしましたから、弟は…孝司は……たったひとりの肉親だったんです。高校・大学と陸上をやっていたから、身体だけは丈夫だったのに……」

絞り出すように言った宮下の声は、最後は嗚咽を堪えるように滲んでいた。

どうしても警察の説明に納得がいかなかった宮下は、自ら現場に足を運んで写真を撮り、弟の身体に残された外傷も残らずカメラに収めていた。

それを一枚、一枚、丁寧にじっくりと見るうち、次第に津田の胸にも疑念が湧《わ》いていた。

「確かに、内因性のくも膜下出血を起こして右側へ転倒したんだとしたら、顔の左側にまで打撲傷があるのはちょっと変ですね」

しかも、現場検証をした警察も、一度はひき逃げのおそれありとして緊急配備をしいている。

これは、もう一度調べ直してみる価値があるかもしれないと津田は思った。

もしもこれが本当にひき逃げで、検察審査会への異議申立で不起訴不当を勝ち取ることができれば、津田が弁護士になってから扱うもっとも大きな事件ともなり得る。

そうすれば、今よりもっと手応《てごた》えのある事件を担当させてもらえるようになるかもしれない。

何よりも、できる限り手は尽くしたのだと実感できなければ、宮下はこの問題を一生引きずってしまうことになるだろう。それでは、あまりに気の毒すぎる。

短い間に、津田の脳裏をさまざまな思いが駆け巡っていった。

「分かりました。正直なところ、現時点ではご期待に添えるかどうか分かりかねます。それでよろしければ、お引き受けしましょう」

津田が答えた瞬間、俯《うつむ》いていた顔をパッと上げると、宮下は大きく目を見開き津田を見つめた。

「ありがとうございます！」

次の瞬間、咽ぶように言って深々と頭を下げた宮下は、今度はなかなか顔を上げなかった。

テーブルに、一粒、二粒と涙の雫《しずく》が滴り落ちている。

その小さな水たまりが胸に迫って、津田は宮下にかける言葉を探しあぐねてしまった。

「…この三ヶ月間、あちこちの弁護士事務所を訪ね歩きました。でも…、どこも相手にしてくれなかったんです。津田先生だけです。わたしの話をちゃんと聞いてくださったのは……」

「どのような結果になるか分かりませんが、全力を尽くすとお約束します」

それだけ答えるのが精いっぱいだった。

津田が弁護士を目指したのは、企業の歯車となって働くのではなく社会や人の役に立ちたいと願ったからだった。

自分自身は取るに足らない人間かもしれないが、それでも津田の力を必要としてくれている依頼人がここにいる。

そう考えると、多少なりとも自分の存在意義が確認できたようで、週末からのどんよりと重い気持ちも少しは晴れていくような気がした。

心機一転、今は仕事に打ち込もう。

奮い立つように、津田はそう決意を固めていた。


宮下修一の依頼を引き受けたと報告すると、出先から戻った岩田は呆れ返り、半ばバカにしたような顔で津田を見ていた。

事務所の所長も困った顔をしていたが、宮下自身が心に一区切りをつけるためにも、再調査は絶対に必要だと津田は熱心に説得した。

そんな津田の熱意に絆《ほだ》された格好で、所長も最後には依頼人の気持ちがすむように力になるのも弁護士の仕事の内だと理解を示し許可してくれた。

早速、津田は事故当時の捜査状況を知るために、捜査を担当した北方《きたかた》署へ赴いた。

逮捕された容疑者の人権を護《まも》るために活動することもある弁護士は、警察にとって常に鬱陶《うっとう》しく邪魔な存在であると言っても過言ではない。

そんな弁護士が、すでに決着がついているはずの事件について問い合わせをしてきたのである。何かあるのかと警戒されてしまったのか、津田が通された小部屋に交通課の刑事はなかなかやってこなかった。

さんざん待たされた末にやっと現れたのは、ずんぐりとした身体つきで切れ長の細い目つきに険のある年配の刑事だった。

「お待たせしました。交通課の島田《しまだ》です」

「お忙しいところ、お手数をおかけします。弁護士の津田と申します」

にこりともせずに名乗った島田に、津田は立ち上がり丁寧に頭を下げた。

「早速ですが、三ヶ月前に北方町で起きた交通事故の件ですが……」

「待ってください。津田先生のおっしゃる北方町の件は、交通事故ではなく病死だったはずです」

いきなり、出端《でばな》を挫《くじ》くように遮られ、津田はムッとして島田を見た。

「…ええ。当時は病死として処理されたようですが、ひき逃げではないかという相談がご遺族の方からありまして」

できるだけ冷静に、津田は宮下から聞いた相談の内容を説明した。

「ああ……。その男性なら、こっちにも何度も来てますよ。困りますねぇ、プロの弁護士さんまで、あんな素人の言い分を真に受けて来られては」

眉を寄せ、島田はさもうんざりした口調で言った。

「いいですか？　警察は医学的判断に基づいて行動してるんです。主治医の先生が病的発作による死亡と診断したら、交通事故としての捜査を中止するのは当たり前のことなんです」

「確かにそうかもしれません。でも、万が一ということもあるんじゃないですか？」

「病死ではなく、事故だという何か新たな証拠でも出たっていうんですか？」

不快そうに顔をしかめて訊いた島田の前に、津田は宮下から預かったファイルを広げた。

「被害者の左顔面に残された外傷があるということは、左側から何かに引っかけられて右側へ転倒したとも考えられませんか？」

身を乗り出した津田の説明をろくに聞こうともせず、島田はあっさりと首を振った。

「津田先生。我々は、交通事故のプロなんですよ？　もちろん、ちゃんと確認をとってあります。主治医の先生のお話では、くも膜下出血ってのは頭が割れるような激痛に襲われるそうです。痛みと苦しみのあまり、自分で道路にぶつけた可能性もあるというお話でした」

返事に詰まった津田を見て、腕組みをした刑事はこれ見よがしのため息をついている。

「とにかく、この件はもう病死と結論が出て終わったことなんです。何度来ていただいても、その結論が変わることはありません。もう、いいですか？」

さも忙しげに腕時計に目をやりながらそう言うと、島田は津田が返事をする前にさっさと立ち上がり、挨拶もせずに会議室から出ていってしまった。

もちろん、一筋縄ではいくまいと予想はしていたが、津田はがっくりと肩を落とした。

でも、このまま途方に暮れてばかりはいられない。

殺風景な部屋にひとり座り込み考え込んでいた津田は、大学時代の友人がひとりキャリア警察官となって警視庁にいることを思い出した。

総務部の所属だから捜査には直接タッチしていないと言っていたが、本庁の交通部に知り合いくらいいるのではないだろうか。

「そうだ、あいつに頼めば、誰か紹介してくれるかもしれない」

そう思い立つやいなや、津田は懐から携帯電話を取り出しながら会議室を飛び出した。

津田から話を聞いた友人は、かなりしぶっていたが津田の懇願に負け、所轄署に顔が利くという交通部の刑事をひとり紹介してくれた。

「くれぐれも俺の名前は出さないでくれよ。現場の人間に睨まれると、俺たちだって仕事がやりづらくなるんだから」

「分かった、迷惑はかけないと約束するよ。ありがとう。恩に着る」

電話を切ると、津田は地下鉄の駅へ向かって一目散に走りだしていた。

皇居の内堀に造られた門の一つで国の重要文化財にも指定されている『桜田門《さくらだもん》』の正面にあることから、警視庁は通称桜田門と呼ばれている。

地下鉄の駅から地上へ出てくると、威風堂々、まさに周囲を睥睨《へいげい》するような威厳を持って警視庁本庁舎が建っている。

信号が変わるのを待つ間、津田は思わず独特の形をした警視庁のビルを見つめた。

仕事柄、ここへ来たのは初めてではない。でも今日は、ひどく緊張している気がした。

島田に相手にされなかったせいで、必要以上に気負っているのかもしれないと思う。

努めて肩の力を抜くように息をつくと、津田は信号の変わった横断歩道を渡っていった。

警視庁のエントランスロビーに足を踏み入れると、いつもながら他とは違う張りつめた緊張感に身が引き締まる気がする。

受付で記帳をすませると、津田はエレベーターで交通部の入ったフロアへ上がった。

「すみません。弁護士の津田と申しますが、深町《ふかまち》警部はいらっしゃいますか？」

ちょうど交通部のフロアから出てきた若い制服警官に訊くと、警官は即座に姿勢を正し「少々お待ちください」と丁重に答え戻っていった。

果たして、友人が教えてくれた深町という警部は、自分の話をまともに聞いてくれるだろうか。

閉ざされたドアを眺めながらそう不安に思ってから、なんとしても聞いてもらわなければ困るのだと自身を鼓舞する。

だが、深町警部はなかなか現れなかった。もしかして、留守なのだろうか。

じりじりして待ち続けていた津田は、背後から響いた靴音に思わず振り向いた。

途端――。

津田は愕然《がくぜん》と瞠目《どうもく》したまま、声もなく固まっていた。

そこに立っていたのは、あの一夜限りの行きずりの男だったのである。

男の方も一瞬驚いた顔をしたが、次の瞬間、ひどく嬉《うれ》しげに人懐っこい笑みを浮かべている。

「…どうして」

絞り出すように津田が呟いた時、ようやくドアが開いて先ほどの制服警官が戻ってきた。

「あっ、深町警部。こちらの弁護士さんがお話があるそうです」

「分かった」

いたって冷静な声で深町が低く答えると、警官はきりっとした仕草で敬礼し踵《きびす》を返していった。

「嬉しいね。そっちから捜し出して会いに来てくれるとは思わなかったよ。でも、よく俺がここにいるって分かったな。どこで訊いてきた？」

惘然と立ち尽くしていた津田の傍《そば》へ歩み寄ってくると、深町は馴れ馴れしく肩を抱いてきた。

「――っ！　やめないか」

ハッと我に返り深町の手を振り払うと、津田は目眩《めまい》のしそうな偶然に落ちてもいない眼鏡を指先で押し上げた。

あまりの展開に思考がついていかない。いったい、どうすればいいのだろう。

「俺は、あなたに会いに来たんじゃない」

思わず、支離滅裂なことを口走ってしまう。

「そうなのか？　だったら、どうして俺を名指ししたんだよ」

「……いや、だからそれは……」

混乱し口ごもった津田を見て、深町はひどく落胆したように深いため息をついた。

「なんだよ、それじゃ本当に偶然なのか？　示談の相談なら担当検事のところへ行けよ」

「違う。そんなことで来たんじゃない」

なんとか気持ちを立て直そうと努力しながら、一方でどうやってこの場を切り抜ければいいのか途方に暮れてしまう。

できることなら、今すぐここから逃げ出してしまいたい。

でも――。

「どうしても相談に乗ってほしいことがあって、来たんだ」

俯いていた顔を思いきって上げると、津田は心奥で渦巻く葛藤《かっとう》を抑え込むように言った。

意外にも、深町は口角に薄い笑みを浮かべ、津田を労《いたわ》るような眼差しで見ていた。

「俺の話を聞いてくれないか。頼む」

「いいよ」

頭を下げた津田に、深町は拍子抜けするほどあっさりと答えた。

そして、従《つ》いてこいというように顎をしゃくると、さっさと先に立って廊下を歩きだした。

その広く逞しい背中を見ていると、あの夜の記憶がまざまざと蘇ってくる。

よもや、この男とこんな形で再会しようとは、夢にも思っていなかった。

身体が揺れているのではないかと思うほど、心臓がドキドキしている。

まるで、巧く隠しおおせたと思っていた悪事が、突然白日の下に晒されてしまったような最悪の気分だった。

空いていた会議室へ入ると、深町はあっという間の早業で津田から眼鏡を取り上げた。

そして、突然牙《きば》を剝《む》いた狼《おおかみ》のように津田を抱き寄せ、唇を貪った。

「…っ……んっ……」

逃げ惑う津田の舌に、深町の厚みのある舌がねっとりと絡みついてくる。

絡め取られ、引き抜かんばかりに強く吸い上げられると、津田の背筋を妖《あや》しい感触が走り抜けていった。

「…何を…するっ……！」

膝《ひざ》が崩れそうになる寸前、津田は深町を突き飛ばすようにして身体を引き剝《は》がした。

ひったくるように眼鏡を取り返し、手の甲で濡れた唇を拭《ぬぐ》う。

「再会を祝して、親愛の情を示しただけだ」

睨みつけた津田にしれっとして答えると、深町は引き出した椅子《いす》にどさりと座った。

「さて、話を聞こうか」

小憎らしいほど落ち着いた声に、不快感と苛立ちがこみ上げてくる。

深く吸った息をゆっくり吐き出すと、津田は仕方なく深町の前に腰を下ろした。

これは仕事だと胸の裡で自分に言い聞かせ、できる限り淡々と宮下修一の訴えを説明する。

深町は津田の話を聞きながら、宮下が作ったファイルの資料を思いの外、真剣な目で見ていた。

「北方署へは行ったのか」

「もちろん行ってきた。でも、もう結論の出たことだと取り合ってもらえなくて」

「そうだろうな」と、深町は低く呟いた。

「でも、宮下さんの集めた現場写真や遺体の外傷状況を見て、俺もこれはひき逃げなんじゃないかという気がしている。そうだとしたら、このまま見過ごしにすることは絶対にできない」

いつの間にか、深町に対する個人的な感情を抜きにして、津田は熱っぽい口調で語っていた。

長い足をゆったりと組み直すと、深町はそんな津田を斜に構えるように見た。

「確かに、これは素人がやったとは思えないほどよくできた資料だと思う。だがこれを根拠に、検察審査会に異議申立をしてもおそらく相手にしてもらえないだろうな」

ため息交じりに、津田も小さくうなずいた。

検察官は警察による現場検証の結果に加え、専門医による治療と診断に基づいて病死と結論をくだしているのである。

いくらよくできているとはいえ、素人の作った資料ではハナから勝負にならない。

もっと何か明確な証拠でもない限り、問題にもされないというのが、悔しいが現実なのだった。

「もちろん分かっている。だからこそ、もう一度、一から調べ直して、ひき逃げだという明確な証拠を探し出したい。警察だって、常に完璧ではないはずだ。何か見落としがある可能性だってあるんじゃないか？」

何事か考え込むように頬《ほお》づえをつき、深町は掬《すく》い上げるようにちらりと津田を見た。

「もう一度訊く。どうして、俺を名指しで来た？」

「……それは……。交通部で一番所轄署に顔が利くのは、深町警部だと噂《うわさ》を耳にしたので」

津田が曖昧《あいまい》に言葉を濁すと、深町は唇の端に自嘲めいた薄い笑みを浮かべている。

何か気に障ることを言ってしまっただろうか。

「……あの」

「まぁいい。偶然とはいえ、こうして再会できたってことは縁があったってことだろうし。協力するのはやぶさかじゃない」

「本当か!?」

勢い込んだ津田の機先を制するように、深町は少し強い口調で言った。

「ただし、条件がある」

「……えっ!?　条件って……？」

ぺろりと唇を舐め、深町はにっこりと優しげに笑った。

「俺とつき合うこと」

一瞬、何を言われているのか分からなかった。

きょとんとして目を瞬《しばた》かせた次の瞬間、津田は猛烈に腹が立っていた。

「ふざけたことを言わないでくれ」

「俺は大真面目だ。身体の相性はこの間、確認ずみだしな。バッチリだったろ？」

なぶるような口調に、津田は口惜しさに心の底がざらつくような思いがした。

「あんなに身体の相性が抜群にいいヤツとなんか、滅多に出会えるもんじゃない。これは、一夜限りじゃもったいないと思ってたのに、朝になったら連絡先も残さず消えてるじゃないか。惜しいことしたと思ってたんだ」

まるで、飛んで火に入る夏の虫のような言い方をされ、津田は屈辱に目眩がしそうだった。拳《こぶし》を握りしめ答えない津田を見て、深町はゆっくりと腰を上げた。

「嫌なら無理強いはしない。この話はこれで終わりだ」

深町がドアノブに手をかけた瞬間、津田はハッとして思わず呼び止めてしまった。

「待ってくれ」

無言のまま振り向いた深町を、唇を嚙みしめじっと見つめる。

胸の裡では怒りと口惜しさがせめぎ合い、出口を求めて渦巻いていた。

「一つだけ確認させてくれ。それは、この件の調査が終了するまでの期間限定ということだな」

「まぁ、それでもいいかな」

念を押した津田に、深町は曖昧な笑みを浮かべて答えた。

喉元まで溢れる苦渋を無理やり飲み下すようにして、津田は努めて冷静になろうと懸命に考えを巡らせていた。

今ここで深町と決裂してしまったら、宮下孝司の事故調査はどうなるだろう。

深町の協力なしに、ひき逃げの動かぬ証拠を見つけ出すことが津田にできるだろうか。

「どうする？　俺はどっちだっていいんだ」

余裕たっぷりの深町を恨めしげに睨みつけてから、津田は半ばうなだれるようにうなずいた。

「分かった」

「よし、決まった。そうと決まれば、早速、今晩会いたいところだが、生憎《あいにく》仕事なんだよな。ったく、ついてないな」

気に入った玩具《おもちゃ》を手に入れた子供のような声で弾むように言ってから、深町はさも残念そうに舌打ちをしている。

「まぁ、いいか。これから、いくらだってチャンスはあるんだ」

気を取り直すように言った深町を、冷めた目でちらりと見やり、津田は悄然《しょうぜん》と立ち上がった。

すると突然、なんの脈絡もなく不意打ちのように耳の奥で落合の嘲るような声が響いていた。

『…お前も好きだよな』

ああ、そうかと、津田は打ちのめされたように思った。

ゲイバーでひとり飲んでいた津田に気安く声をかけてきた深町にとって、セックスは神経衰弱のカードを捲《めく》る程度の重みしかないのに違いない。

カードが合えばラッキー。合わなければ、ちょっと肩を竦めて次のカードを捲るだけ。

そう思った途端、ふっと肩から力が抜け落ちて、津田は俯きがちにひっそりと自嘲した。

なんだ、深町は案外、自分に似合いの男だったんじゃないか。

心奥でそう呟くと、津田は胸の裡のショックが溶けて、索漠とした諦めに変わっていくのを感じていた。


経緯はどうあれ、警視庁交通部所属である深町警部の協力を取りつけたのだ。

一歩前進と受け止め、頑張るしかない。

自分で自分にそう何度も言い聞かせると、翌日の午前中、津田は宮下の弟孝司が収容された須《す》永《なが》総合病院を訪ねた。

二年前にここへ新築移転してきたという病院は独特の円形をしたガラス張りで、病院というよりシティホテルのような瀟洒《しょうしゃ》な雰囲気だった。

道路から正面入り口へ続く植え込みに沿って津田が歩いていくと、思いがけず大勢のカメラマンが玄関前に陣取っている。

何かあったのかと思わず立ち止まって見ていると、自動ドアが開いて見覚えのあるがっちりと大柄な男性が嬉しそうに出てきた。

数年前にＭＬＢへ移籍して活躍している松原《まつばら》投手じゃないか、と津田は思った。

そういえば、シーズン終了後、肘《ひじ》の故障を手術するために帰国したとスポーツニュースで見た覚えがあるが、この病院に入院していたらしい。

ちょうど退院するところのようで、松原は見送りに出てきた看護師から一抱えもある豪華な花束を渡され、照れくさそうに笑っている。

一斉にフラッシュが焚《た》かれ、記者やリポーターらしき女性がマイクを手に駆け寄っていく。

大勢のマスコミを引きつれて、迎えの車に向かって歩き始めた松原の背中を見送ると、津田は病院の中へ入った。

広々と明るいエントランスロビーは、二階まで吹き抜けになっていて床も壁も石張りである。

須永総合病院は病床数は二百あまりだが、院長の専門が脳神経外科であるためか外科系に強い病院として定評があるようだった。

開設されたのは三十年前で、現在の院長は三代目であるらしい。

もっとも、院長は都議会議員や医師会理事の方が本職になってしまっていて、ほとんど病院にはいないということだった。

壁に掲げられた診療科目表を、津田はじっくりと見た。

なるほど、十五ある診療科の内、実に六科目が外科系である。

院長と副院長、それにスポーツ整形外科部長が須永姓だった。

救急車で搬送されてきた孝司の緊急手術を執刀したのは、副院長の脳神経外科医、須永雄一朗《ゆういちろう》医師である。

宮下の話によると、須永は大学の医学部を卒業した後、アメリカへ留学し、帰国後は母校の医学部で講師まで務めた経歴の持ち主であるらしい。

その須永が孝司は病死だと診断したために、捜査は打ち切られてしまったのである。

宮下も弟の死因について、何度も須永に問い合わせ食い下がったが、取り合ってもらえなかったと悔しがっていた。

須永とは、どんな男なのか――。

「弁護士の津田と申しますが、副院長の須永先生にお会いしたいのですが」

受付で津田が言うと、明るいローズ色の制服を着た女性はにっこりと微笑んだ。

「お約束は副院長より聞いております。どうぞ、二階の医局事務室へいらしてください」

ハキハキと爽《さわ》やかで、なかなか礼儀正しく感じがいい。

「ありがとう」

会釈して、津田はエレベーターホールへ向かった。

「失礼いたします。弁護士の津田先生がお見えになりました」

医局事務室へ迎えに来てくれた秘書の女性が副院長室のドアをノックして開けると、白衣を着た四十がらみの男性が窓を背に座っているのが見えた。

彼が須永雄一朗であるらしい。

浅黒く鼻筋の通った風貌は、整っているのだがどこか冷たい彫像のような印象だった。

「失礼します」と津田が声をかけて室内へ足を踏み入れると、須永がゆっくりと立ち上がった。

長身瘦軀《そうく》にスタンドカラーの短白衣を着て、その上に長白衣を羽織っている。

「弁護士の津田と申します。今日はお忙しいところ、ご無理をお願いして申しわけありません」

津田が差し出した名刺を受け取ると、須永はろくに見もしないで半ば投げ出すようにデスクの上へ滑らせた。

「副院長の須永です。弁護士さんというから、どんな方かと思いましたが。まぁ、どうぞ」

津田を若造と見くびったのか、革張りのソファへ促した須永の口調には、常に上に立つことに馴れた者特有の横柄さが滲んでいるように感じられた。

「ありがとうございます」

さらりと受け流すと、津田は静かに腰を下ろした。

「早速ですが、お電話でも少しお話ししましたが、三ヶ月前にこちらの病院で亡くなられた宮下孝司さんの死因について伺いたいのですが」

「ご遺族が、死因について疑問をお持ちだと言うんでしょう? その件なら、こちらへも何度も訊きに来られました。そのつど、ご説明してお分かりいただけたと思っていたんですがねぇ」

辟易《へきえき》したように顔をしかめ、須永はため息をついている。

「まさか、医療過誤で訴訟でも起こそうというんじゃないでしょうな」

「違います。ただ、孝司さんの死因は内因性のくも膜下出血、つまり病死ではなく、交通事故による外傷性くも膜下出血ではないかとお考えのようです」

「残念ながら、それは違います」

一言の下に否定すると、須永はやおら立ち上がり、壁に取りつけてあった大きなシャーカステンのスイッチを入れた。

それから、デスクの方へ回った須永がパソコンを操作すると、シャーカステンにＣＴ写真が映し出された。

「ごらんなさい。ここが脳底部です」

ポインターで円を描くようにして、須永が指し示した。

「ここの血管に動脈瘤《どうみゃくりゅう》などの病変があり、それが突発的に破裂することで引き起こされるのが、内因性のくも膜下出血です。外傷性の場合はそのような病変は見られず、外からの力によって脳の表面の血管が破れて出血するわけだから、開頭すれば違いは一目瞭然《いちもくりょうぜん》。間違えるわけがない」

「…そうですか」

眼鏡越しに薄青く光るＣＴ写真に目を凝らしながら、津田は力なく答えた。

正直、ここが脳底部と言われても、津田には何が何やらさっぱり分からなかった。

「これは、孝司さんのレントゲン写真ですか？」

「違います。これは、わたしが論文執筆のために使用している別の患者さんの写真です」

「孝司さんの写真を見せていただけますか？」

おそらく見ても、自分には違いは分からないだろうと思いつつ、津田はそう言ってみた。

「いいですよ。ちょっとお待ちください」

再び須永がパソコンを操作すると、シャーカステンの映像が別のＣＴ写真に切り替わった。

「ご遺族の方にも、何度も説明したんだがねぇ。ここです。ここが病変です」

須田がポインターで指し示した場所を、津田は目を細め、じっと見つめた。

だが、案の定、さっぱり分からなかった。

「この写真とカルテを、お借りすることはできますか？」

振り向きざまに訊いた津田を、須永はあからさまにムッとした表情で見つめた。

「君も、わたしの診断が信用できないと言うのか？」

「…いえ、そんなことは決して。ただ、セカンドオピニオンのような意味合いで、どなたか別の先生にこの写真を診《み》ていただければ、ご遺族の方も納得されるのではないかと思いまして……」

怒らせてはまずいと、津田は慎重に言葉を選びつつ頼んでみた。

セカンドオピニオン——治療方針などで、患者がよりよい決定をするために、主治医とは別の医師の助言を求めることである。

こめかみをひくつかせ、須永は途端に声を荒らげた。

「セカンドオピニオンだと!? 何を今さら、バカなことを言っているんだ。そもそも患者さんはすでに死亡しているんですよ!? そんなにわたしの診断が信用できないというなら、なんであの時すぐに解剖でもなんでもしなかったんだ。今になって言いがかりをつけられても迷惑なんだ」

「別に、言いがかりをつけているわけでは……」

懸命になだめようとした津田の言葉には少しも耳を貸さず、須永は激昂《げっこう》したように叫んだ。

「言いがかりでなければ、なんだというんだ。帰ってくれ！」

有無を言わさぬ勢いでドアの方を指し示され、津田は仕方なくうなずいた。

「お気に障られたならお詫びします。ただ、わたしは弁護士です。依頼人の利益を最優先に考え、行動するのがわたしの仕事です。今回も、ご遺族の方のお気持ちがすむように、わたしなりに調べを進めていきたいと考えています」

臆《おく》せず背筋を伸ばし胸を張って答えると、津田は丁寧に頭を下げ副院長室を後にした。

でも、廊下へ出てひとりになった途端、思わずため息が洩れてしまっていた。

プライドの高い医師は、往々にしてカルテの開示には非協力的だった。

ガンなどの治療方針で迷った患者が、セカンドオピニオンの診察を受けたいと思っても、主治医の協力が得られず断念する場合も多いと聞いたことがある。

須永の場合も、自分の診断が間違っていたのではないかと言われて、プライドを傷つけられた

B·R

ように感じたのだろうか。

一度の面会ですべてが巧くいくなどと甘い考えは抱いていなかったが、これはさすがに前途多難だと津田は改めて感じていた。


事務所へ戻ってくると、津田の机の上は留守中の連絡メモが所狭しと置かれていた。

その一つ一つに急いで目を通し、手際よく優先順位をつけていく。

「藤原《ふじわら》さん」と、津田は秘書の真知子《まちこ》を呼んだ。

「なんでしょうか」

パーテーションの陰から顔を出した真知子は、目鼻立ちの整った聡明な美人である。でも、話してみると気さくで明るい、ざっくばらんな女性だった。

てきぱきしていて法律事務に明るい真知子を、日頃から津田は頼りにしていた。

「森本《もりもと》さんの口頭弁論、延期したいって?」

「ええ。大塚《おおつか》先生がどうしても抜けられない用事ができたとかで、差し支えるそうなんです」

困ったなと思いながら、津田は手帳を開いた。

弁護士は通常、いくつもの案件をかけ持ちしている。しかも、弁論期日は原則として一週間に一日、裁判所の担当部の『開廷日』にしか入らない。

津田も駆け出しとはいえ、法廷の予定は先々までびっしりと入っていた。

「そうなると、一ヶ月も先に延びちゃうけど」

「ええ、一応そう申し上げたんですけど」

肩を竦めた真知子に、津田も仕方なくうなずいた。

「それじゃ、大塚先生のご都合のいい日で受けておいてくれるかな」

「分かりました」

「さてと、佐野《さの》さんの相談は、一時からだったね」

「あ、それ午後三時半にしてほしいそうです。メモ、置いてありませんでした?」

机の上にさっと目を走らせると、真知子はまるでカルタ取りのように素早く一枚のメモ用紙を掬い取った。

「なんだ、それならどこかで昼メシ食べてくればよかった」

「あら、お気の毒様」

津田がついあからさまにホッとした顔で言うと、真知子も戯けるように笑っている。

佐野というのは、夫の浮気を言い立てて離婚の相談に来ているのだが、とにかく身も蓋《ふた》もなく我《わ》が儘《まま》で、その上思い込みが激しく、非常に扱いにくい依頼人だった。

とても、法廷へは持ち出せないような証拠を振りかざし、夫から多額の慰謝料を取ってくれと言い張って聞かないのである。

「これ、本当は岩田先生の案件ですよね」

ふと真顔になって憤慨するように呟いた真知子を、津田は困ったようになだめた。

「岩田先生は、大きな事件をいくつも抱えていてお忙しいからね」

本来なら即座に断るところなのだが、佐野は岩田が顧問をしている会社の社長夫人の紹介で相談に来たという経緯もあり、さすがの岩田も断るに断れなかったらしい。

結局、体よく津田が押しつけられたという事情があった。

「津田先生だって、お忙しいじゃありませんか」

不服そうな真知子に、津田は苦笑いするしかない。

岩田と津田では、忙しさの質が違うと思ってしまうのである。

「岩田先生は佐野さんをウチへ紹介した人とも親しいから、かえって俺のように関係のない弁護士の方がいいと判断されたんじゃないかな」

できるだけさらりと、津田は当たり障りのない言いわけを口にした。

「そうかもしれませんけど……」と真知子はため息をついている。

佐野からの連日の電話攻勢の被害を受けて、秘書の真知子も相当うんざりしているのだろう。

「ワイシャツに口紅がついていた程度じゃ、法廷で水かけ論になるだけだって、いくら説明しても分かってくれないんですもの」

「それは、この間の相談の時に、俺もよく説明したんだけどなぁ。裁判官が納得するような、何か動かぬ証拠がない限り、裁判にしても勝てる見込みはないって」

「それでだわ！」

不意に叫んだ真知子の顔を、津田はぎょっとして見つめた。

「また何か、ろくでもない証拠を見つけたって？」

「違いますよ！　ご主人が浮気をしている決定的な証拠写真を、津田先生に張り込んで撮ってもらうことはできないかって言ってきたんですよ」

「えぇっ!?　でもそれは、興信所の仕事だろう……」

さすがに頭を抱えたくなって、津田はげんなりと言った。

「もちろん、そう言って断りましたよ。でもきっと、今日来たらその話を持ち出してまたごねまくりますよ。覚悟しておいた方がいいと思います」

ガックリと肩を落として津田がうなずいた時、懐で携帯電話がブルブルと振動し始めた。

『深町警部』

慌てて開いた携帯電話の液晶に浮かんだ文字を、津田は数瞬、無言のまま見つめた。

怪訝《けげん》そうな真知子の視線に気づき、津田は仕方なく携帯を耳に当てながら、大丈夫というように目配せをした。

「津田です」

覚えず声が低くなる。

『近くまで来てるんだが、昼メシでも一緒にどうだ』

「せっかくだが」とすげなく断りかけて、ふと思い直す。

「相談の予定が入っているから、あまり時間は取れないが。それでよければ」

『いいよ』と深町は、鼻歌でも歌うように返してきた。

「それから、場所は俺に任せてくれないか。行きたい店があるんだ」

『もちろん構わないさ』

あっさり了承した深町と、二駅先の地下鉄の駅近くの店で待ち合わせの約束をすると、津田はホワイトボードの自分の名前の欄に昼食と書き込み事務所を出た。


昼食時から少しずれてしまったせいもあるのだろうが、津田が深町と待ち合わせをしたトンカツ店『鈴乃屋《すずのや》』は閑散としていた。

小さな店である。カウンターとテーブル席を合わせても、三十人足らずで満席になってしまう。

入り口近くのテーブル席を選んで座ると、津田は店の雰囲気を確かめるようにさりげなく周囲を見回した。

カウンターの奥に調理場が設えてあるらしいが、店の中から様子は窺《うかが》えなかった。

外回りの営業マンなのか、サラリーマン風の男がひとりカウンターで食事をしている。

「ご注文は？」

無愛想な女店員の声に、津田は「カツ丼二つ。すぐに連れが来るから」と答えた。

すると、まるでその声が聞こえたかのように、入り口の引き戸がカラリと開いた。

「いらっしゃいませぇ」と、先ほど注文を訊きに来た女店員の間延びした声が響く。

肩先で暖簾《のれん》をかき分けるようにして入ってきた深町は、津田を見つけると嬉しそうに笑った。

「それにしても、色気のない店だな。もうちょっと、他になかったのか？」

津田の前に腰を下ろすなり、深町はメニューを引き寄せながらブツブツとこぼした。

「仕事中の昼食に色気は必要ない。ああ、注文ならもうすませておいた」

「俺の分も？」

「その方が早いと思って。お互いに時間のない身だからな」

すました顔で素っ気なく答えると、深町は何か言いたそうに片眉を吊り上げたが、小さくため息をついただけで何も言わなかった。

「はい、カツ丼二つ」

女店員が、ふたりの前に『おまちどおさま』も言わずに、音を立ててどんぶりと赤だしの椀《わん》を置いていった。

呆れたようにそれをちらりと見やってから、深町はもう一度、津田をまじまじと見つめた。

「なぁ、本当にこの店に来たかったのか？」

「そうだ」

割り箸《ばし》を割りながらしれっと答えると、津田は早速カツ丼を口に運んだ。

熱々のカツとご飯を口に入れ、ゆっくりと確かめるように咀嚼《そしゃく》する。

「味は悪くないな」

呟いて、もう一口食べる。

その様子を、黙って見ていた深町も、カツ丼をかきこみ始めた。

「どうだ？」

「まぁまぁだな。思ったほど油も悪くないし。カツの上にかかってる、青のりの風味が利いてる。この味でこの値段なら合格だろう」

深町の答えを胸の裡に留め置くようにうなずいた津田の方へ、深町が身を乗り出してきた。

「例の件、所轄へ行ってちょっと調べてきた」

耳打ちするような声にぴくりと反応して、どんぶりを手にしたまま津田は顔を上げた。

「何か分かったのか？　俺も午前中、須永総合病院へ行って主治医に会ってきたが、まるで相手にしてもらえなかった」

「ここじゃ、ちょっと話せないな。今日は、仕事は何時頃終わるんだ」

思わせぶりな口調で言うと、深町は誘うように唇の端を吊り上げている。

「どこかで落ち合って一緒に晩メシ食ってから、俺の部屋へ来ないか」

言葉つきこそ穏やかだったが、声音には有無を言わせぬ響きが感じられた。

まるで飴と鞭《むち》だな——。

自嘲気味にそう思うと、食べたばかりのカツが胃の中でズシリと重くなったような気がした。

深町の強い視線をかわすように目を伏せ、津田はためらいがちに小さくうなずいた。

「…時間はまだ不確定なので。後でメールを入れる」

「分かった」

機嫌よく承知すると、深町は再びカツ丼を食べ始めている。

すっかり食欲も失せてしまった気分で、津田はまだ半分以上残っているどんぶりを見つめた。

心が冷え冷えとして、なんだかひどく惨めな気分だった。

どんぶりから掌に伝わってくる温《ぬく》もりにさえ、違和感を感じてしまう。

「食わないのか？」と訊いた深町に俯いたまま首を振ると、津田は箸を動かし始めた。

まるで、ノルマを果たすような気分で、津田は機械的に食事を続けた。

黙々と食べ続ける津田を、先に食べ終わった深町はしばらく無言のまま見つめていたが、やおらテーブルの上の伝票を摑むと立ち上がった。

「悪いが先に行く。メール、待ってるよ」

軽く片手を上げてそう言うと、深町はさっさと勘定をすませ、店を出ていってしまった。

ひとりになった途端、無意識に力の入っていた肩がすとんと落ちて、沁み入るような深いため息が洩れていた。

でも、いくら息を吐き出しても、胸いっぱいに充満した苦い自己嫌悪を吐き出してしまうことはできなかった。

宮下孝司の死因は、本当にひき逃げが原因なのか。なんとしても、真相を明らかにしなければならないとは思う。

だが、そのために深町と意に沿わないつき合いを続けなければならないのだと思うと、身体の中に黒々とした重く冷たい澱《おり》が淀《よど》んでいく気がする。

一方で、深町の自分への執着を、結果的に利用しているのだという後ろめたさも拭えない。

昼下がりのうらぶれた店でひとり、津田は錯雑した思いを持て余すように座り込んでいた。


その日、九時過ぎに仕事を終えた津田は、大手町と日本橋の境目、外堀通りの裏手の雑居ビルの地下に入った『鈴乃屋大手町店』で深町と落ち合った。

居酒屋と定食屋に挟まれた小さなトンカツ店は、勤め帰りのサラリーマンでそこそこ賑《にぎ》わっていたが、おおよそデートに相応《ふさわ》しい雰囲気の店ではない。

しかも、ふたりは昼食もカツ丼だった。

それでも、深町は文句一つ言わず、津田と一緒にろくに話も弾まないままヒレカツと海老フライを肴《さかな》にビールを流し込んだ。

「惜しいな。残すなら今の店の方だろうが、味は昼間の店の方が断然いい」

店を出て拾ったタクシーが走りだした途端、隣に座った深町が耳元でぼそりと言った。

「えっ!?」

津田が思わず顔を向けると、深町は大して面白くもなさそうに肩を竦めた。

「どうせ、債務整理でも相談されてる店なんだろう? 仕事がらみでなくちゃ、俺と飯なんか食えるかって顔に書いてある」

図星を指され、疚《やま》しさを直撃された気分で、津田は思わず目を伏せた。

「悪かった」

「別に謝らなくたっていい。こっちも、こじゃれた店でデートって柄でもないしな」

深々とシートに身を沈めながらそう言うと、深町はさらりとした口調で言葉を継いだ。

「それに、お楽しみはこれからだ」

ひくりと反応した津田の頬に掠《かす》めるようなキスをして、深町は満足そうに薄く笑っている。

「債権回収か……」

問いかけに、津田は微かに首を振った。

三十年前に夫婦ふたりで始めた『鈴乃屋』は、味はいいのだが立地条件が悪いせいか、なかなか思うように売り上げが伸びなかった。

五年前、跡を継いだ息子が事業拡大に乗り出し、大手町を含め都内に数軒の店を出した。

だが、素人経営は巧くいかず、この五年間で多額の負債を抱えてしまった。

なんとか倒産だけは避けたいという相談を受け、津田は鈴乃屋の再建計画を練ることになった。

そのためには、実際に自分の目で店の状況を確かめる必要があったのである。

昼間カツ丼を食べに行った店は、先代夫婦が長年の苦労の末にやっと持つことのできた店で鈴乃屋の本店だった。

だから、できることなら本店の方を残してやりたいと考えていたのだが——。

深町の言うとおり、一番立地条件に恵まれている大手町の店だけを残し、他の店はすべて閉めることになりそうだった。

その条件なら、債権者たちを説得することもできるのではないかと津田は考えていた。

でも、長年の苦労と思い出の染みついた本店を閉めるのは、先代にとって苦渋の選択に違いないということもよく分かっている。

強いて、隣の深町の存在を意識から閉め出そうとして、津田は窓の外へ目を向けた。

すると、タクシーの窓ガラスには深町の顔が映っていた。夜の向こう側から、深町がじっとこちらを見つめている。

底に鋭さを秘めた深町の探るような眼差しに、心の奥底まで見通されているような気がした。

息苦しさに、津田は無意識にネクタイを弛めていた。

初めて足を踏み入れた深町の部屋は、リビングとベッドルームが一続きになっているワンルームマンションだった。

両方合わせて二十畳ほどの広さで、津田が想像していたよりずっと整然と整えられていた。

大型テレビが据えられたリビングの床はフローリングで、中央に毛足の長いラグが敷かれ、寄せ木風のしゃれたテーブルが置いてある。

ミニコンポが置かれた出窓には、小さな観葉植物の鉢も飾られていた。

そして、ベッドルームにはダブルベッド——。

覚悟を決め、津田は無言のままリビングを突っ切ってベッドルームへ直行すると、まず眼鏡を外してナイトテーブルの上に置いた。

それから、ひと思いにネクタイを引き抜き、スーツの上着を脱ぎ捨てる。

「…おい」

背後からかかった深町の面食らった声に、津田はシャツのボタンを外しながら振り向いた。

「ヤルんだろう?」

抑揚のない乾いた声に、深町の眉のひそみが深まる。

そんな深町を揶うように見つめ、津田は口許《くちもと》だけでうっすらと微笑んだ。

「くそ……」

舌打ち交じりに低く吐き捨てると、深町は大股《おおまた》で津田に歩み寄り、そのままベッドへ押し倒した。唇を合わせたまま、深町は器用に津田の衣服を剝ぎ取っていく。

まるで、贈り物のラッピングを解くように津田の裸体を手際よく取り出すと、自分も手早く衣服を脱ぎ捨てる。

前回同様、荒々しいことは何もなかった。

津田の硬直した身も心も解きほぐすように、深町は丹念な愛撫を積み重ねていく。

深町の舌や指に、津田は全身が絡め取られていくような気がした。

ほどもなく、津田の引き結んだ唇から、堪《た》えかねた微かな吐息が洩れこぼれていた。

身体の奥深くから、疼《うず》くような快感が螺旋を描いて湧き上がってくる。

その渦に呑み込まれまいと、津田はきつく唇を嚙みしめた。

できることなら、意思も感覚もすべてなくして、人形のように四肢を投げ出していたかった。

それなのに、深町の手管に手もなく引きずられてしまう。口惜しさに身体がふるえた。

さらに最悪だったのは、今回も深町が津田には何もさせようとしないことだった。

もっと欲望を叩きつけ、奪い尽くすように君臨してくれた方がずっと気が楽なのに——。

身体は溶け崩れそうなほど熱くなっているのに、心奥の澱はますます冷たく沈んでいく。

自分の上で規則的に動く深町に揺さぶられ追い上げられながら、しだいに津田は二律背反する感覚に引き裂かれていった。

心を置き去りにして、身体だけが快楽の狭間を走り抜けていく。

一気呵成《いっきかせい》に駆け上がった高みから、津田は深町とともに虚空《こくう》へ向かってダイブした。

はるか下方に、うち捨てられた自分の抜け殻が見える気がする。

津田の中で猛々《たけだけ》しく残滓《ざんし》をまき散らしていた深町が、ずるりと引き抜かれた。

「……んっ……」

それにさえ感じてしまって、津田は鼻にかかった微かな喘ぎを洩らした。

まだ余韻にふるえている津田の隣で、深町がごろりと仰向けになる。

「例の件、所轄へ行って現場検証を担当したヤツに詳しい話を聞いてきた。現場も確認した」

「現場の確認も!?」

一気に現実に引き戻され、津田は深町の方に向き直った。

その意外そうな視線に、深町は不満げな顔をしている。

「なんだよ。再捜査の協力をしろと言ったのは、そっちだろうが」

「すまなかった。失言だ」

恥じらったように目を伏せ、津田は囁くように詫びた。

正直なところ、深町がどこまで本気で協力してくれるのか図りかねてもいた。

だから昼間、所轄の北方署交通課へ行ってきたと言われても、自分を誘う口実かもしれないと思う気持ちが心のどこかにあったのである。

腕枕《うでまくら》をして津田の肩を抱き寄せると、深町は耳元で低くゆっくりと話し始めた。

「事件当日、所轄署は現場の状況からひき逃げを想定し緊急配備をしいている。ところが、入院先の主治医の診断を受け、その日の昼前に緊急配備は解除されてしまった」

津田は黙って小さくうなずいた。

その経緯は、宮下が作成したファイルにも詳細に記されていたことである。

「ところが、だ。被害者の死亡後、念のために司法解剖をした方がいいんじゃないかという意見が、交通課内にはあったらしい」

「それは本当か!?」

思わず身を起こした津田を、深町は静かな目で見上げてうなずいた。

もしそうだとしたら、事故当時、緊急配備が解かれた後も、捜査員たちはひき逃げ説を完全に否定してはいなかったことになる。

「だが、主治医が病死と診断しているのに、わざわざ司法解剖をする必要はないという担当検事の判断で捜査は打ち切られてしまった」

「そんな! 少しでも疑問があれば、きちんと司法解剖をして事故か病死か慎重に識別するべきじゃないか。どうして……」

憤懣《ふんまん》やるかたない津田を引き寄せると、深町は胸に抱き込んだ。

「もちろん真澄の言うとおりだ。だが、前にも言ったように担当検事は、手術を執刀した主治医の医学的判断に基づいて判断したわけだから、捜査打ち切りはあながち間違いとは言えない」

「…それはそうだが」

内心の不満を抑え込むように答えた津田のうなじを、深町の指がなだめるように撫でている。

「そっちは？　須永総合病院へ行ったと言ってたな」

「ああ。でも、収穫は何もなかった」

ため息交じりに、津田は須永雄一朗と会った時の様子を話して聞かせた。

「カルテのコピーやレントゲン写真の貸し出しも、にべもなく断られてしまったし」

「医者ってのはプライドの塊みたいなもんだからな。アンタの診断は間違っていた可能性がある、なんて言われれば、貸すなんて絶対に言わないさ」

「俺は、そんなふうには言わなかったつもりだが」

「真澄が言わなくたって、宮下修一がさんざん言ってるだろう」

顔をしかめ、津田は深町をそっと見た。

「その真澄っていうの、やめてくれないか」

「なんでだよ。津田先生とでも呼べって言うのか？」

「そんなことは言ってない」

「だったら、いいじゃないか。ああ、俺のことは潤穀《ひろき》でいいからな」

無言のまま眉を寄せた津田に苦笑すると、深町は胸に抱き込んでいた津田を組み敷いた。

「今日の話はここまでだ。もう一回、やろうぜ」

舌なめずりせんばかりの囁きに、津田は諦めたように黙って小さくうなずいていた。


それから一週間後、深町の非番の日に合わせて、津田は事故現場を訪れた。

現場は、ＪＲの線路と交差した国道だった。

深町の車から降りると、津田は改めて周囲を見回した。

事故などあまり起きそうもない、見通しのよい直線道路である。

孝司がひき逃げされたのは、信号機のある横断歩道の数メートル手前だった。

近くには目撃情報を求める宮下の手製の看板が立てられ、枯れかけた花が供えられていた。

それを、持参した新しい花と入れ替えると、津田は心を込めて手を合わせ真相究明を誓った。

孝司が路上で倒れ意識不明になっているのが発見されたのは、早朝五時過ぎである。

その日、出張で羽田から札幌へ行く予定だった孝司は、始発電車に乗るためにＪＲの駅へ向かう途中だったらしい。

「夏ならともかく、朝五時じゃまだ暗かっただろう。その上、事故当時に孝司が着ていたのは、濃紺のスーツとコートだ。それに――」

背後を振り返りながら、深町は言葉を継いだ。

「ここは、下を線路が走っていて高架状になっているから、路面に緩やかな起伏がある。もしも車が、車高の低いスポーツタイプだったとしたら、歩行者の発見はさらに遅れた可能性もある」

深町の指さす方へ目をやりながら、津田は深町の観察眼に舌を巻いていた。

言われてみれば、確かに路面はわずかに盛り上がっている。

でも、深町の車でここへ来た時、起伏はほとんど感じられなかった。だから、深町に指摘されるまで、迂闊《うかつ》にも津田は起伏に気がつかなかった。

「…確かに。でも、現場検証をした警察官は、気がつかなかったのかな」

「事故処理用の警察車両はワゴン車だ。あんな座高の高い車に乗ってきたんじゃ、多少の傾斜なんか感じやしないさ」

だが、捜査員たちは気がついていたはずだ、と津田は思った。

だからこそ、当初はひき逃げを想定して緊急配備がしかれたのに違いない。

「これからもう一度、北方署へ行ってみる。実際に現場検証をした警察官に、俺も事故直後の話を直接訊いてみたい」

「だったら、交通課の里崎《さとざき》巡査を訪ねるといい」

当然、深町も同行してくれるものと思っていた津田は、意外な思いで深町の方を振り向いた。

前回の経験から、本庁交通部の警部が一緒の方がまともな対応をしてもらえるのではないかという期待があったし、何よりも津田では気づけないようなことを深町に質問してほしかった。

「なんだよ。ひとりじゃ心細いのか?」

「そんなこと言ってないだろう」

揶揄するような口ぶりに、津田はムッとして言い返した。

「一緒に行ってやってもいいぞ」

「結構だ。ひとりで行ける」

「それじゃ、署まで送ってやるよ」

「タクシーを拾うからいい」

妙に意地になり、津田はちょうど走ってきた空車を停めようとした。

それを慌てて制止して、深町は嘆くようにため息をついている。

「そうやって、いちいち意地を張るなよ。かわいげのないヤツだな」

津田を自分の車の助手席へ押し込むように乗せると、深町は素早く運転席へ座った。

「どうして素直に、お願いします、一緒に行ってくださいって言えないんだよ」

シートベルトを締めながら文句を言った深町を、津田は横目でじろりと睨んだ。

「かわいげがなくて悪かったな。そっちこそ、最初から一緒に行くつもりなら、どうしてあんな言い方をしたんだ。本当は、俺と一緒に北方署へ行けないわけでもあるんじゃないのか?」

「ったく、ああ言えばこう言うヤツだな。さすがに舌先三寸の弁護士だよ」

聞き捨てならないセリフに、津田はキッと深町の方に向き直った。

「舌先三寸とはどういうことだ!」

「違うのか!? 裁判をお涙ちょうだいの三文芝居に引きずり下ろして、裁判長に情状酌量を求めるのは弁護士の常套《じょうとう》手段じゃないか。被告は深く反省している? 罪を犯しても、後で反省さえすれば許されるのか? 被告の規範意識が薄いのは育った環境が悪かったせいで、むしろ被告も犠牲者なのだ。そんな詭弁《きべん》を弄《ろう》してでも、罪を軽くしようとするのが弁護士じゃないか」

滔々《とうとう》と捲《まく》し立てられ、津田は息が詰まったように目を見開いていた。

意志の強そうな深町の双眸《そうぼう》の奥に、嘘《うそ》でも冗談でもない真剣な怒りが燃えている。

「…弁護士が嫌いなのか?」

いくぶん気落ちした声で津田が訊くと、深町は困ったように目を伏せ、微かに首を振った。

「すまん、言いすぎた。八つ当たりだ。忘れてくれ」

そう言って小さく頭を下げた深町の表情から、憤りの色は拭ったように消えていた。

でも——。

深町は、弁護士と過去に何かあったのに違いない、と津田は思った。

もともと警察官と弁護士は、罪を問われる被告を中心に対峙する立場にある。

警視庁の警部である深町が、仕事の上で弁護士と対立することは充分考えられることだった。

それにしても、先ほど深町がかいま見せた怒りは尋常ではなかった。

いったい、何があったというのだろうか——。

黙って車を走らせる深町の頬の削《そ》げた横顔を、津田は緊張気味にそっと窺った。

北方署の駐車場へ車を入れると、深町は津田に声もかけずに車から降り、大股で署へ向かって歩きだしてしまった。

仕方なく、津田も慌てて後を追っていった。

すると、ちょうど署の玄関から出てきた男性が、深町を見るなり意味深な笑みを浮かべた。

「深町警部。どうです？　交通部の居心地は？」

「なかなかいいぞ。面白い拾いもんもできたしな」

チラリと津田へ視線を流し、深町はことさらに戯けるように答えている。

拾いものとは、もしかして自分のことかと、津田は心密かに憤慨した。

そんな津田を振り向きもせず、深町はずんずん署の中へ入っていく。

さすがに、所轄署に顔が利くからと紹介されただけあって、深町は北方署内のいたるところで声をかけられていた。

そして、そのどれもが『交通部の居心地は？』という、からかい交じりの声であることに津田は気づいた。

深町は交通部へ移る前は、どこに籍を置いていたのだろう。

もしかして、この北方署かとも思ったが、どうもそうではないようだった。

深町に何があったのか——。

津田の深奥で、疑問はさらに深まるばかりだった。

署内の職員専用食堂の片隅で、深町と津田は里崎巡査の話を聞いた。

まだ二十代前半らしい里崎は一文字眉の目元が凛々《りり》しく涼しげで、背筋のピンと伸びたなかなかの好青年である。

「被害者の宮下孝司さんが亡くなった後、司法解剖をした方がいいという意見が交通課内にあったというのは本当ですか？」

津田の確認に、里崎は緊張気味にちらりと深町の顔を窺ってから小さくうなずいた。

「本当です。当初は検察の方でも、業務上過失致死、道路交通法違反被疑事件として検討していたようです。でも、明確な証拠がないということで不起訴処分となったんです」

「司法解剖もしていないのに、どうして証拠がないと決めつけてしまったんです？」

「だって、須永先生が病死だと診断したんですよ」

里崎はいくぶん呆れ口調でぞんざいに答えてから、シマッタという顔で居住まいを正している。

「須永先生は大学医学部にいた頃は、脳に重い損傷を受け脳死寸前となった患者を救う『低体温療法』の研究グループにも籍を置いていた優秀な先生で、この辺りでは須永先生に診てもらってダメなら仕方がないと言われているくらいなんです」

「そうなんですか」

須永がそんな名医とは知らなかった。

ではやはり、孝司は事故死ではなく病死なのだろうか。

弱気が脳裏を過《よ》ぎって、津田はつい助けを求めるように深町の方を見た。

「現場は高架状になってるが、路面の起伏については誰も問題にしなかったのか？」

深町の問いに、里崎は首を振った。

「主任は気にしてたみたいでしたね。実を言うと、念のために司法解剖した方がいいと一番強く主張したのも主任だったんです。でも、検事にその必要はないと一蹴《いっしゅう》されてしまって」

「捜査を担当した検事さんは、起伏についてはなんておっしゃってたんですか？」

津田が訊くと、里崎は困ったように首を傾《かし》げている。

「その件については何も……。送致記録の実況見分調書は、真上から見た平面図ですから。もしかしたら検事は、平らな道だと思い込んだんじゃないですか」

「えっ!?　まさか、検事さんは現場には一度も来なかったんですか？」

「いや……。確か、不起訴が決定になる前に、一度だけ来ましたよ。でも、事故処理車で通って確認しただけだったと思います」

そんないいかげんな捜査指揮では、初動捜査に重要な見落としがあったとしても不思議はない。

そう思った津田が傍らの深町へ視線を向けると、深町も同意らしく不機嫌に眉を寄せている。

「お前ら、その検事と前に何かあっただろ？」

深町の問いに、里崎は顔をしかめた。

「さすがに、深町さんは鋭いなぁ。実はそのちょっと前に、主任が検事の反対押し切って少しば

かり強引に逮捕して取り調べたはいいけど、結局、証拠不十分で送致できなかったって事件があったんですよ。その時と同じ検事が担当だったんで、意趣返しに司法解剖突っぱねられたのに違いないって俺たちは思ったんですが……」

聞いていて、津田は唖然《あぜん》としてしまった。

安易に捜査に私怨《しえん》を持ち込むようなことがあっていいのかと、真剣に怒りを覚える。

津田の表情を見て、口が軽すぎたと思ったのか、里崎は「ここだけの話ですよ」と少々慌てたようにつけ足すと腕時計に目をやった。

「すみません。もう、戻らないと」

「忙しいところ、無理を言ってすまなかったな。また、何かあったら頼むよ」

深町のねぎらいに、里崎はにっこりと爽やかな笑みを浮かべた。

「深町警部なら、いつでもいいですけど。今度は署の外の方がいいかな。この間の店、また連れてってくださいよ」

「よし、分かった」

里崎の声音や口調には、あからさまな甘えや媚《こ》びが滲んでいる気がした。

そして、答えた深町の口許もニヤニヤとだらしなく弛んでいるように見える。

呆れてしまい、湧き上がる不快感にこっそりと顔をしかめた津田は、続くふたりの会話に思わず耳をそばだてた。

「だけど、やっぱり深町警部は懐が深いんだなぁ。弁護士さんと一緒に動いてるなんて、思いませんでしたよ。だって、あんなことがあったばかり……」

「こら、余計なこと言うな。これには、いろいろわけがあるんだよ」

悪戯《いたずら》っ子を咎《とが》めるように深町が遮ると、里崎は慌てて首を竦めている。

『…あんなこと――!?』と、津田は心奥で呟いた。

いったい、深町は弁護士と何があったというのか――。

津田の脳裏に、車の中で見せた深町の怒りを湛《たた》えた双眸が蘇っていた。

北方署から出てくると、陽はすでに西に傾きかけて辺りが薄暗くなっている。

「深町警部」

津田の硬い声に、深町は黙って振り向いた。

その影を、西日が黒く長く尖《とが》らせている。

「里崎巡査が言った、あんなことって、どういうことなんだ」

「真澄には関係ない」

ピシャリと戸を立てるように言った深町の髪を、夕暮れの風が乱している。

それはまるで、深町の心の揺れのように津田には感じられた。

「弁護士と、何かトラブルがあったんじゃないのか?」

「だから、真澄には関係ないと言ってるだろう」

吐き捨てるように言うと、深町は津田に従いてこいと言うように顎をしゃくった。

「待ってくれ。どこへ行くつもりだ」

「ホテルに決まっててんだろ」

あっけらかんと言い放たれ、津田は思わず顔を強張らせた。

「なんだよ。貴重な非番を潰してつき合ってやったのに、ご褒美はナシかよ。まさか、そんなことはないよな?」

途端に唇を噛みしめた津田を見て、深町は一矢報いたような薄笑いを浮かべている。

深町の背後に広がる黒ずんだ雲の端を、夕陽が赤く爛《ただ》れさせていた。

「…深町警部の部屋じゃいけないのか?」

せめて、ラブホテルは避けたいと思って言った津田の言葉に、深町はあっさりと首を振った。

「俺がホテルへ行きたいと言ったら、真澄は素直に従いてくればいいんだよ。そういう約束だったよな?」

グッと詰まって、津田は恨めしげに深町を見つめた。

「どうなんだ」

一転してうなだれるようにうなずくと、津田は牽《ひ》かれていく仔犬《こいぬ》のようにとぼとぼと歩きだしていた。

深町が選んだのは、国道沿いに建つガレージ制のラブホテルだった。

ワンルームワンガレージ制なので、他人に遭遇する心配がまったくないことにホッとする。

室内はベージュを基調とした落ち着いた雰囲気で、前回と同じくちょっとおしゃれなビジネスホテルといった趣きである。

ネクタイを弛めながら、津田は深町はよほど遊び馴れているらしいと内心で呆れた。

そうでなければ、こんなに次から次へとお誂《あつら》え向きのホテルへすぐに直行できるはずがない。

もしかしたら、あの里崎巡査ともここへ来たことがあるのではないか。

ふとそんな邪推をしてしまい、津田はそんな自分に唇の端を微かに歪《ゆが》めた。

「一緒に風呂へ入ろう」

スーツの上着を脱ぎ捨てながら、深町がさも嬉しげに誘った。

「俺の部屋の風呂じゃ狭くて、とても男ふたりは入れないからな」

しれっとして言った深町の顔を、津田は思わずまじまじと見つめ返した。

「もしかして、ホテルに来たのは一緒に風呂へ入るためだったのか？」

「そうだ」

あっさり認められ、津田は恋人同士でもないのにと脱力した。

「なんだよ。嫌なのか？」

咎めるような声に、俯きがちにゆるく首を振る。

どちらにしろ、津田に選択権はないのだった。

「ただし、その前に話がある。さっき、里崎巡査が……っ！」

北方署の駐車場で持ち出した話を蒸し返そうとした途端、伸びてきた太い腕が津田の腕を摑んだ。そのまま、力任せに引き寄せられ抱え込まれる。

「…ちょっ……待て。話が……」

両手を胸に当てて押し返そうともがくのをなんなく押さえ込むと、深町は文字どおり津田の口を塞《ふさ》ぐように強引に口づけてきた。

躍り込んできた獰猛《どうもう》な舌に蹂躙《じゅうりん》されるように貪られ、津田の息がたちまち上がっていく。

「う……んっ……ふぅっ……」

呼吸を求め、鼻で呻いた津田の舌先や唇に、深町の猛々しい歯が立てられる。

そうかと思うと、深町は一転してやわらかく探るように津田の口蓋を舐め上げた。

背筋を撫で下ろした指先が、スラックスの上から双丘の狭間を探っている。

「ぁっ…ん……」

思わず反り返ると、結果的に腰を突き出したような格好になり、両脚の間に割り込まれた深町の太股に前を擦られた。

布地越しのもどかしい愛撫に、津田の背中が悶えるようにふるえる。

ついにカクリと膝から崩れ落ちた津田をベッドに座らせると、深町は「風呂の支度をしてくる」と言ってバスルームへ消えていった。

ドアを開け放たれたバスルームから聞こえてきた激しい水音を、津田はベッドに座り込んだままぼんやりと聞いていた。

中途半端に昂ぶらされた身体の中では、埋《うず》み火《び》が時おり小さな焔《ほのお》を閃《ひらめ》かせながら燻《くすぶ》っている。息苦しさに堪えかね、津田が思わずネクタイを引き抜いた時、バスルームから深町の呼ぶ声が響いてきた。

「何してる。早く脱いで来いよ」

ふらりとよろめくように立ち上がりかけ、津田は腰砕けのようにへたり込んだ。

バスルームから顔を突き出してそれを見た深町が、大股で歩み寄ってくる。

いつの間に脱いだのか、深町はすでに全裸だった。

「なんだ、たったあれだけで腰が抜けちまったのか。しょうがないな」

揶揄するように囁きながら、津田の衣服に手をかける。

「…自分で脱げる」

「いいから、任せておけ」

振り払おうとした手をあっさりと退《の》けられると、津田は諦めたように目を閉じた。

さりげない愛撫で快楽の芽を育てながら、深町は手際よく津田の服を脱がせていった。

シャツを脱がせるついでに、耳裏からうなじを指先でやんわりと撫で下ろされると、ゾクリとした快感が背筋を這い上がってきて、津田に喘ぐような吐息をつかせた。

燃え上がるような激しさとは違った、炙《あぶ》るような焦《じ》れったい刺激は、かえって津田の身体の奥深くまで届いてくるような気がした。

ゆらゆらと揺れる波間に沈み込むように、津田は深町の手にすべてを委《ゆだ》ねていった。

「行こうか」

一糸まとわぬ姿にした津田を横抱きにして、深町は悠然とした足取りでバスルームへ運んだ。

バスルームには、楕円《だえん》形の大型ジェットバスが設えられていた。

乳青色の湯が気泡に沸き立っている中へ、深町はそっと津田を下ろした。

すぐに、深町自身も隣へ入ってくると、津田を膝の上に抱え上げた。

背中から抱き込まれ、指先で胸や脇腹を探られると、それだけで津田は悶えた。

それでなくとも敏感になっている肌に、ジェットバスの気泡が微妙な刺激を与えている。

「…焦ら…す…な……」

「入れてほしいのか？」

煽るような囁きに羞恥が込み上げ顔を背けると、深町の手が湯の中で切なげに揺れる津田をゆっくりと上下に扱いた。

「…っ、ぁっ…ん……」

思わず反らした喉に、やんわりと歯を立てられ、津田は息を詰めた。

身体の深奥では、深町の二本の指がやわらかな粘膜をかき回すように蠢いていた。

スイートスポットを指先で押し上げられると、津田の喉から甘く尖った声がほとばしった。

「ひっ、はぁっ…あっ、あぁっ！」

痙攣するように身悶え、弾けかけた津田の根元を無情にも深町が強く締めつけ阻んでいる。

「や、やめ……っ、放せ……」

「俺が欲しいって素直に言えよ」

耳元で深町が低く囁く。

肩で大きく息をしながら、津田は首を捻り、懇願するように深町を見た。

「何？　ちゃんと言わなくちゃ分からないだろ？」

「…ほし…い……」

「我慢できないのか？」

ガクガクとうなずくと、「それじゃ、自分で入れてみろ」と言われた。

逆らうこともできず、津田はなんとかして身体を起こそうとした。

力の入らない腰に、深町が手を添えて支えてくれる。

でも、湯の中では滑りが足りないため、津田はなかなか深町を呑み込めなかった。

「…く…っぅ……」

軋《きし》むような苦痛に呻いた津田を抱きかかえ、深町がざぶりと立ち上がった。

「真澄、そこの壁に手をつけ」

言われるままに両手をついて腰を突き出した津田の中へ、深町がグイグイと入り込んでくる。

その圧倒的な充溢感《じゅういつ》に、津田は悲鳴のような嬌声をあげた。

ガクンと崩れ落ちそうになった身体を抱き留めると、深町は再び湯の中へ座り込んだ。

途端に、さらに結合が深まって、津田は思わず息を詰め仰け反った。

「そんなに締めつけたら動けないじゃないか」

揶揄するように囁きながら、深町が下から促すように突き上げてくる。

「…んっ、は…ぁ……ん…ふっ……」

呼応するように、津田の腰がうねる。

深町の手に握られた屹立《きつりつ》がビクビクとふるえると、津田を穿った深町の質量もグッと膨らんだ。

その甘苦しい衝撃に、津田は声もなく首を打ち振った。

深町は湯の中に座り込んだまま、指先で津田の乳首を潰すように摘んだり、肩口にやんわりと歯を立てたりする。

それでいて、握り込んだ津田の屹立を放そうとはしない。

いつまでこうしていればいいのか。まるで、生殺しにされているような気がした。

懸命に首を捻り訴えるように見つめた津田の唇を、深町が湿らせるように啄《ついば》んだ。

「達きたいのか?」

ガクガクと何度も大きく首を振って、津田は「も、だ…め……。たの…む……か…ら……」と譫言《うわごと》のように答えた。

「…は……や…く……」

懇願にようやく身体を起こすと、深町は津田を四つん這いのようにバスタブの縁に縋らせた。しっかりと津田の腰を抱え、背後から力強い抽挿を開始する。

途端、引き攣《つ》ったような声をあげ、津田は弓なりに反り返って喘いだ。

全身が痙攣するようにふるえ、バスタブに縋りついていることもできなくなりそうな気がする。

そんな津田に半ば覆い被さるようにして、深町はさらに奥深くまで攻め込んできた。

「…真澄」と耳元で焦がれるような声が聞こえた。

「俺が好きか?」

切ないような囁きに朦朧《もうろう》としたまますなずいた瞬間、津田はようやく焦燥から解放された。

あまりにも長く焦らされすぎたせいなのか、解き放たれたというより放り出されたという感覚に近かった。

頭の芯が痺れたようになっていて、何も考えられない。

もう声を出すこともできず、津田は深町の腕の中でただぐったりとして深く胸を喘がせていた。

二日後、夕方の法廷を終えた後、津田は事務所へは戻らず弁護士会主催の講演会に出席した。

超難関といわれる司法試験を突破して弁護士になってからも、弁護士は日常の勉強を決して疎《おろそ》かにすることはできない。

日常業務の忙しさを言いわけに勉強の手を抜いてしまうと、世の中の変化に対応することができず、硬直した弁護士となってしまうからである。

現役の裁判官を講師に迎えての『破産』についての講演は、とても興味深く有意義だった——。

でも、津田はどうしてもいつものようには集中して聞くことができなかった。

北方署を訪ねた帰り、ホテルで深町に失神するまで抱かれた。

その疲労が、二日経った今も完全には抜けきっていないのである。

細身の眼鏡のブリッジに指先を当てると、津田は秀麗な眉を寄せ、潜めたため息を洩らした。

あの日、バスルームから寝室へ場所を移し、さらに激しく攻め抜かれ、墜落するように眠りに落ちてしまった津田が目を覚ましたのは明け方近くだった。

なんとかひとりで起きだし、こっそり帰ろうとしたところを見つかり、深町にまた置いてけぼりを食わせる気かとさんざん詰《なじ》られた。

結局、夜が明けるのを待って、津田は深町の車で自分の部屋まで送り届けてもらった。

それから二日、深町からはなんの連絡も来ていなかった。

「津田先生！」

講演会終了後、会場の外へ出ようとした津田を、背後から呼び止めた声があった。

振り向くと、同期の宮澤《みやざわ》である。

大学卒業後二年で司法試験に合格した宮澤は、明るく人懐っこい性格で司法修習生時代から津田に弟分のように懐いていた。

目鼻立ちのくっきりとした、どちらかというと派手な顔立ちをしている宮澤は、黒々とした少し長めの髪を後ろに流している。

よく日に焼けているのは、最近覚えたゴルフのせいらしい。

「来てたのか」

「ええ。破産管財業務は、時と場合によって状況が大きく変わりますから、ノウハウの確立しにくい分野ですしね。裁判所側の情報を常に収集していないと、いざという時にわけが分からなくなるぞって事務所の先輩にも言われちゃったもんで」

本当は夜遊びに行きたかったのにと言わんばかりに肩を竦めると、宮澤は照れ笑いを浮かべた。

「津田先生、少し痩せたんじゃないですか？」

「いや……。そんなことないと思うよ」

宮澤と肩を並べて歩きだしながら、津田はさらりと受け流した。

「そういえば、先週、仙台地裁で落合さんと会いました」

ギクリ、と津田は微かに頬を強張らせた。

落合と恋人同士だったことは、宮澤だけでなく同期の誰にも知られていないはずだった。

「…落合、元気だったか？」

伏し目がちに、つい怖《おそ》れるように訊いた津田に、宮澤はあっけらかんと朗らかに答えた。

「もう、元気、元気。落合さん、どうも恋人ができたらしいですよ」

ドクンと心臓が鳴っていた。

「…どうして分かったんだ」

あまり歓迎したくない話題なのに、訊かずにはいられない自分が忌々しい。

「検察官にしちゃ派手めの、ブランドもんのネクタイしてたから。それ、恋人からのプレゼントですかって訊いたら、図星だったみたいで。結構、我が儘で困るんだよ、なんて、しゃらっと惚《のろ》気《け》られちゃいましたよ」

宮澤の言葉は、津田の胸の底へ微かな失望となってゆらゆらと揺れ落ちていった。

今さら、落合に未練があるわけではない。

それなのに——。

心奥に猫の爪《つめ》を立てられたような、ピリッと鋭い痛みが走っていた。

落合の恋人が男だとは、宮澤は夢にも思っていないだろう。

そして何より、目の前にいる津田が落合の別れた相手だとは想像だにしないに違いない。

苦いものを無理やり飲み下すように、津田はうっすらと自嘲交じりの笑みを浮かべた。

「せっかく、久しぶりに会ったんだし。どっかで、メシでも食いませんか？」

宮澤の誘いに、津田はどこかぼんやりとしたままうなずいた。

「…そうだな。いいよ」

ちょうど走ってきた空車を停めると、津田は宮澤と一緒に乗り込んだ。

宮澤が案内してくれた店は、以前は高級クラブだった店を改装したというレストランバーで、ラウンジ風の店内は若い女性を連れてきたら喜びそうな雰囲気だった。

「ふぅん。いつもこんな店で彼女とデートしてるのか」

テーブル席につきながら津田が思わずからかうと、言い当ててしまったらしく、宮澤は赤くなって照れている。

それを微笑ましいと思いつつ、微妙な寂しさも感じながら、津田は渡されたメニューを開いた。

「ここはワインの品揃えが豊富で、スペインのワインとかちょっと面白いのが飲めたりするんです。料理は和食も洋食もあって、それぞれ専門の料理人がいるんで味もバッチリです」

「そうか。それじゃ、酒も肴も任せるよ」

なんだか億劫になってしまって、津田はあっさりとメニューを閉じた。

「そうですか？　それじゃ、えーと……。真鯛《まだい》のジャガイモ包み焼きと自家製スモークサーモン。それから仔牛の頬肉と江戸前穴子の煮込みに、甘エビと山芋のサラダでどうです？」

「そんなに食べるのか？」

「だって、腹が減ってるんですよ。任せてくれるんでしょう？」

にこにこと嬉しそうな宮澤に津田がうなずいてやると、宮澤は早速オーダーしている。

ワインは、シニアソムリエが掘り出し物だと勧めてくれた、アルジェリアのワインを飲んでみることにした。

「津田先生、仕事の方はどうです？」

「相変わらずだよ。短期で決着のつく債権回収や少額事件が多いけど、それなりに充実してるよ」

宮澤の問いに、津田はさらりと答えた。

あながち嘘ではない——。

なかなか大きな事件を扱わせてもらえない不満はもちろんあるが、まだ駆け出しで実績のない身では仕方がないという諦めもある。

それに、今のように小さな事件に丁寧に対応することも、弁護士として大切なことだと思うし、やり甲斐を感じていないわけではなかった。

「津田先生は、ホントに優等生だからなぁ」

旺盛《おうせい》な食欲で料理を食べながら、宮澤は苦笑するように言った。

「俺なんか、代わり映えしない雑魚《ざこ》事件ばかりで、そろそろうんざりしてきちゃいましたよ。もっとこう、ガツンと手応えのある事件を扱ってみたいなぁ」

「手応えのある事件って、どんな事件だよ」

本音で語るやんちゃな弟をたしなめるように、津田は苦笑交じりに訊き返した。

「たとえば、検察や警察と対等に渡り合ってぎゃふんと言わせるとか。なにしろ、ウチの所長なんか、本庁捜査一課の敏腕刑事、飛ばしちゃったんですからね」

まるで自分の手柄のように、宮澤は胸を反らしている。

「飛ばしたって、誤認逮捕か何かだったのか?」

「そうじゃないですけど。津田先生も噂聞いてませんか? 例のリストラ殺人ですよ」

思い当たって、津田は「ああ……」と小さく呟いた。

一年あまり前のことである。小さな町工場の経営者が殺害された。犯人は、事件直前に経営不振を理由に一方的に解雇された元従業員だった。

被害者がひどく横暴な男で、日頃から気の弱い元従業員に理不尽な要求を突きつけ、未払いの給料まであったりしたことから、世間では元従業員に同情する声が大きかった事件である。

「検察は被告の計画的犯行として、殺人罪で起訴したんですけど。ウチの所長の、解雇されたショックによる心神耗弱状態での偶発的な事件だったという主張が認められて、大幅に減刑されたんですよ」

「そうか。あの事件の弁護を担当したのは、宮澤先生の事務所の所長だったのか」

得意満面で、宮澤はまるで自分の手柄のように大きくうなずいている。

「でもそれで、どうして捜査一課の刑事が飛ばされたんだ」

「犯行当時、被告はかなり酒を飲んでいたんです。気が弱いから、酒の力を借りなければ未払いの給料を払ってくれと交渉に行けなかったんですね。それを、殺意を否認するための偽装で、実際は犯行後の飲酒だと言って譲らなかった刑事がひとりいたんです。取り調べ中も、被告にかなり強圧的な態度をとって強引に自白を迫っていたこともあって、ウチの所長が捜査に行きすぎがあったと強く抗議した結果、その刑事は刑事部から外されて交通部へ異動になったそうです」

「交通部？」

ふと気になって、津田は思わず鸚鵡《おうむ》返しに呟いた。

「その刑事、なんていう名前か知ってるか？」

漠然とした不安を感じつつ、津田はそろりと訊いてみた。

「…えーと。確か深町ですよ。そうだ、深町潤毅。階級は警部」

深町の名前が宮澤の口から発せられた瞬間、津田の耳の奥で深町の憤然とした声が響いていた。

『違うのか!?　裁判をお涙ちょうだいの三文芝居に引きずり下ろして、裁判長に情状酌量を求めるのは弁護士の常套手段じゃないか。被告は深く反省している？　罪を犯しても、後で反省さえすれば許されるのか？　被告の規範意識が薄いのは育った環境が悪かったせいで、むしろ被告も犠牲者なのだ。そんな詭弁を弄してでも、罪を軽くしようとするのが弁護士じゃないか』

そうか、そうだったのか――。

胸の裡でひそと呟き、津田は視線をうろつかせた。

胃の腑をぎゅっと摑まれたようなショックで、食欲も一気に失せていく。

「…先生。津田先生……。どうかしましたか？」

怪訝そうな宮澤にハッとして、津田はかろうじて微笑み首を振った。

でも——。

それなら、ゲイバーで出会った晩、深町はどういうつもりで自分に声をかけたのだろう。

津田が弁護士バッジをつけていることに、深町は最初から気づいていたはずなのに——。

何よりも、深町は何をどう考えて自分への協力を承知したのだろう。

次々に浮かぶ自問自答に、答えは何一つ出るはずもなかった。

ただ、津田は目の前の色彩が、ほんの少しだけ色褪《いろあ》せてしまったような気がしていた。


翌日は、朝から土砂降りの雨が降っていた。

地下鉄の駅から地上へ出てくると、雨に濡れた街は灰色にくすみ、底冷えがしている。

白い息を吐きながら傘をさすと、津田は小走りに東京地裁へ向かった。

今日、津田が担当するのは、割賦金約百五十万円の支払いが滞った男性を相手に、クレジット会社が起こした訴訟の原告側代理人である。

被告は四十代半ばのサラリーマンだった。

濃紺のスーツを着た痩せ気味の男性は、緊張した面持ちで被告席に肩を窄《すぼ》めて座っている。

前年度より勤務査定が低くなって給与が下がってしまったため、趣味で買ったオーディオシステムの支払いが滞ってしまったのである。

被告側の代理人からは、毎月分割で支払いたいという答弁書が届いていた。

多重債務者でもないため、津田は支払い条件さえ折り合えば和解するつもりだった。

そうすれば、今日一日で裁判は終わることになり、心ならずも被告となってしまった男性の負担も最小限ですむ。

「それでは、始めます」

開廷を告げる裁判長の重々しい声が法廷に響き、津田はすっと背筋を伸ばした。

裁判は粛々と進んだ。

「答弁書には、分割で返済するとありますが、毎月いくらずつ支払う予定ですか?」

津田の問いに、被告の男性は俯きがちに「そちらにお任せします」と気弱げに低く答えた。

「でも、無理のない金額にしないと、先々、また困ることになるんじゃないですか?」

「被告人は、払えると思う金額を言ってください」

裁判長に促されても、被告の男性はうなだれたまま答えない。

「それじゃ、毎月五万円ずつの支払いでは、どうですか?」

仕方なく津田が取りなすように訊くと、被告の男性は困ったように顔を向けた。

「五万円はちょっと……。できたら、三万五千円くらいでお願いできると助かるんですが」

男性の申し出を受け、書記官が素早く電卓を叩いて計算している。

「毎月三万五千円ずつの支払いだと、四十回あまりの支払いになりますが、大丈夫ですか？」

「当方は、それで構いません」

裁判長の声に津田が即座に答えると、被告の男性も同意している。

「わたしも、それでお願いしたいです」

和解が成立し、津田の思ったとおり、この裁判は今日で終了した。

華々しい法廷劇とはほど遠い、宮澤のような血気盛んな弁護士は嫌がる地味な事件である。

津田自身、内心では焦りも感じるが、経験の浅い自分には今は何よりも場数を踏むことが大切なのだと考えて引き受けていた。

裁判を終えて地裁を出てくると、白い飛沫《しぶき》を上げて雨はまだ激しく降り続いていた。

どんよりと低く雲の垂れ込めた空を見上げ、津田は我知らず深いため息を洩らした。

裁判から解放され緊張が弛むと、途端に悶々《もんもん》とした堂々巡りが戻ってきていた。

昨夜、宮澤と別れた後、津田は考えたあげく深町に連絡を取ってみた。

でも、仕事中だったのか、深夜になっても深町の携帯は繋《つな》がらないままだった。

津田の衿元に輝く、金色の弁護士バッジ。

弁護士バッジは、中央に天秤《てんびん》ばかりの絵を配した向日葵《ひまわり》の花をかたどっていた。真夏の強烈な陽射しにも負けずに力強く咲く向日葵は『自由と正義』を、天秤ばかりは『公正と平等』を象徴している。

ゲイバーでひとり自棄酒を飲んでいた津田に声をかけてきた深町は、津田の衿元のバッジを見て津田を弁護士と認識していた。

弁護士から捜査手法に行きすぎがあったと指摘された結果、刑事部の第一線から外された深町は、何を考えて津田に誘いをかけてきたのか——。

同じ弁護士である津田を一夜限りの遊び相手に選び、多少なりとも意趣返しをしようと考えたのだとしても無理はないような気がする。

でもそれなら、深町はどうして津田の頼みを容《い》れて調査に協力してくれると言ったのだろう。

ただ単に、身体の相性が抜群にいいという津田を、遊び相手に繋ぎ止めておくための方便かもしれない。

それならそれでいいじゃないか——。

声に出さず呟いた瞬間、思いがけず心奥がチリッと痛んで津田は微かにうろたえた。

いったい自分は、昨日から何をそんなに心配し、動揺しているのか。

深町が本気で協力してくれないかもしれないという不安なのか、それとも——。

傘を打つ激しい雨音が耳に響く。

降りしきる激しい雨の中、途方に暮れた子供のような気分で立ち竦んでいた津田の懐で、突然、携帯電話が不快な振動を伝えた。

慌てて取り出した携帯電話の液晶画面に浮かぶ『深町警部』の文字を、津田は唇を噛みしめじっと見つめていた。


その日、仕事を終えた津田が深町のマンションへ着いたのは、約束の九時から一時間以上も遅れた十時過ぎだった。

玄関を開けた途端、暖かな空気にくるまれ、寒さに凍えた身体が溶けていく。

「遅かったんだな」

パジャマ姿で、深町がのっそりと出てきた。

「打ち合わせが長引いてしまって」

言いわけをしながら靴を脱いだ津田の肩を抱き込むと、深町は待ちかねたように唇を重ねた。

反射的に背けようとした顎を大きな手で摑まれ、細い腰を強く引き寄せられる。

玄関先で立ったまま、まるで半年も離ればなれになっていた恋人同士のように貪られると、背筋を妖しい疼きが走り抜けていった。

「冷えきってるじゃないか。風呂が沸いてるから、あったまってこいよ。その間に、酒の支度をしておくから」

にこにこと嬉しそうに言われ、津田は思わず目を伏せていた。

そんなに優しくしないでほしいと思ってしまう。

「今日は泊まっていけるんだろう？」

「…ああ」

俯きがちに生返事をして、津田は半ば逃げるようにバスルームへ向かった。

津田がざっとシャワーを浴びて出てくると、脱衣所には新品のパジャマが用意されていた。

それもご丁寧様に、深町が着ていたパジャマと色違いである。

「恥ずかしいヤツ……」

呟いて、津田は深町が用意してくれたパジャマを、タオルを腰に巻いたままじっと見つめた。

この部屋に泊まるのは、今日で二度目だった。

おそらく、これからもここへは何度も泊まることになるのだろう。

でも津田は、パジャマや下着、着替えなどといった日常品を、ここへ置くつもりはなかった。

宮下孝司に関する調査が終了すれば、その時点で深町との関係も終わりを告げるはずだった。

そしてそれは、いつかではなく近い将来必ず来る時でもあった。

その時、あっさりとこぎれいに処理するためにも、余計な物は持ち込みたくなかったのである。

それなのに——。

一瞬どうしようかとためらってから、津田は諦めて真新しいパジャマに袖《そで》を通した。津田が意地を張ってパジャマを使わなければ、深町は怒るだろう。せっかくの好意を無にするのも気が咎めたし、そのことで不毛な争いをするのも本意ではなかった。

津田がリビングへ戻ると、深町はラグの上にクッションを置いて胡座《あぐら》をかいていた。お揃いのパジャマを着てきた津田を見て、深町は嬉しげに目を細めたが、口に出しては何も言わなかった。

何か言えば、津田がかえって怒ると分かっているのだろう。

津田も意地になって、無言のまま深町の隣に腰を下ろした。

テーブルには携帯コンロが置かれ、上に乗せられた土鍋《どなべ》からは空《す》きっ腹に染み渡るような味噌《みそ》のいい匂《にお》いが漂っている。

「腹減ったろ？　今日は寒いから鍋にしたんだ」

「自分で作ったのか？」

津田が、つい言わずもがなのことを訊くと、深町は「他に誰がいるんだよ」とむくれている。

「まぁ、鍋といっても、あり合わせを放り込んだだけで、後の肴はコンビニの総菜だけどな」

照れ隠しなのか少々ぶっきらぼうに言いながら、深町が土鍋の蓋を取った。

途端、ふわりと立ち上った湯気で、津田の眼鏡が曇った。

それをあっという間の早業で取り上げると、深町は津田の唇を掠めるように奪った。

啄むような、触れるだけの優しいキス――。

「返してくれ」

赤面しつつ取り返した眼鏡をかけ直し、改めて土鍋の中を見た津田は唖然としてしまった。

「これは、なんていう鍋なんだ」

土鍋の真ん中でグツグツと煮えているのは、どう見ても缶詰の鮭《さけ》である。

缶から取り出した丸い形のまま解《ほぐ》しもせずに入れられた鮭の周りには、大切りの木綿豆腐が放り込まれ、野菜は白菜しか入っていない。

「別に名前なんかないが、強いて言えば鮭缶鍋かな」

絶句した津田に、深町がよく冷えた缶ビールを渡してくれた。

「とりあえず、乾杯しようぜ。お疲れさん」

「お疲れ様」

プシュッと音を立ててプルトップを押し開けると、津田は深町と缶を合わせた。

「まぁ、騙されたと思って食べてみろ」

手際よく、深町が取り皿に崩した鮭と豆腐を取り分けてくれる。

目の前に置かれた小皿と深町の顔を見較《みくら》べ、津田は覚悟を決めるとまず豆腐を口に運んだ。

「…熱っ……」

舌が焼けそうなほど熱い豆腐を慌てて飲み込みながら、津田は目を瞠った。

見た目の悪さとは裏腹に、鮭缶から出たうま味とコクが充分に染み込んでいる。

しかも、味噌味に七味がピリッと利いていて、鮭缶鍋は思いがけずとても美味《おい》しかった。

「どうだ、美味《うま》いだろ？」

得意げな声にコクコクとうなずくと、深町はさも満足そうに表情を弛めている。

ビールから焼酎《しょうちゅう》に切り替えて、ふたりは熱々の鮭缶鍋をつついた。

「ちょっと訊きたいことがあるんだが……」

空腹が満たされ、身体も温まった頃合いを見計らって、津田はそろりと窺うように切りだした。

「なんだ？」

「一年前のリストラ殺人事件」と津田が言った瞬間、深町の頬が強張った。

「誰に聞いた」

問い質《ただ》すような低い声に、津田は宮澤の話は本当だったのだと思った。

「あの弁護を担当した弁護士の事務所で、同期がイソ弁をやってるんだ」

ベテラン弁護士の事務所に雇われて経験を積む津田や宮澤のような弁護士のことを、居候をもじって俗にイソ弁と呼ぶ。

「なるほど、世間は狭いよな」と深町は苦笑交じりに呟くと、焼酎のグラスをあおった。

「じゃ、あの事件が原因で、刑事部から交通部へ異動になったというのは――」

つい口ごもった津田に、深町はあっさりとうなずいた。

「ああ、本当だ。本来なら、どこか所轄の捜査課へ異動になるんだが、俺は札付きのトラブルメーカーなもんで引き受け手がなかったらしくてな。仕方なく、交通部長が引き取ると言ってくれたらしい」

あっけらかんとした口調で言うと、深町は自嘲するように薄く笑った。

「どうして、そんなことになったんだ」

「聞いたんじゃないのか、同期の弁護士から」

微かにふて腐れたように言った深町を、津田は真剣な面持ちで見つめた。

「俺が聞いたのは、弁護側の証言だけだ」

ふっと目を伏せ喉の奥で低く含み笑うと、深町は空になっていたグラスに焼酎を手酌でなみなみと注いだ。

「あの事件は、酒に酔った犯人《ホシ》が被害者《マル害》と口論になったあげく揉み合いになり、偶発的に起きた事件、つまり過失致死だと弁護側は主張していた。だが俺は、ホシは犯行時しらふだったし、そもそもあれは計画的な犯行だったと、今でも思ってる」

ひと息にそう言いきると、深町は口惜しげに唇を引き結んだ。

「根拠は？」

「まず第一に、現場となった町工場までホシは自分で車を運転して行っている。町工場へ向かうホシの車を目撃した女性は、車は蛇行することもなく普通に走っていったと証言した。仮に多少飲んでいたとしても、弁護側の言うような泥酔状態だったとは思えない」

先を促すように、津田は黙って小さくうなずいた。

「第二に、凶器となったナイフは工場の備品だ。弁護側はこれを捉《とら》えて、事件は偶発的なものだと主張したが、ホシはあらかじめ凶器を用意しなくてもどこに何があるか熟知していたとも言える。マル害の習慣をよく知っていたホシは、マル害が事務所でひとり帳簿をつけている時を狙《ねら》って侵入している」

そう言うと、深町はテーブルの上に、焼酎で濡らした指先で簡単な見取り図を書いた。

「ここが侵入口」と、指先でトンと指し示す。

「凶器となったナイフは、この辺りに収納されていた。ここは奥の事務所からは死角になっていて、マル害からは見えない。ここでナイフを手に取り、ひとり残って事務処理をしているマル害を襲う。完璧だろ?」

特に激するでもなく淡々と説明すると、深町は同意を求めるように津田を見た。

これだけの説明では、津田には判断がつかない。

それでも、津田がためらいがちに微かにうなずくと、深町はふっと苦く笑った。

「最初から殺すつもりだったにしろ、実際に殺人を犯せば怖ろしくなって当然だ。堪えきれず、ホシは逃げる途中で酒を買って飲んだ。実際、自動販売機でパックの日本酒を買ってがぶ飲みするホシが目撃されている。だが弁護士は、ホシは犯行前、すでに泥酔状態だったと主張した——」

皮肉るように言って薄く笑うと、深町は無念そうにため息をついた。

「あの事件は、気の毒だがマル害の評判がいかにも悪すぎた。その点では、確かに情状酌量の余地があると俺も思う。だからといって、真実をねじ曲げてもいいということには絶対にならない」

深町の推理にも、一理あるように思えた。

だが、真相は藪《やぶ》の中である。

「取り調べ段階では殺意を認め計画的犯行だったと供述していたホシが、公判になった途端、否認に転ずるのはよくあることだ。そうなっても困らないように、裏付け捜査はきっちりとしておかなければならない。要するに、詰めが甘かったということなんだろう。そこを老練な弁護士につけ込まれ、見事にしてやられた。捜査手法に問題があった。取り調べが強圧的だったために、嘘の自白を強要された。そう裁判で訴えられ、それが認められた結果、量刑は大幅に短縮された。捜査の指揮を執った者として、相応の責任を取るのは当然のことだ」

「本当に、強圧的な取り調べをしたのか？」

「机を叩くくらいのことはしたが。まぁ、あまり褒められたことじゃないことは確かだよな」

濃い諦念《ていねん》を滲ませ、最後は呟くように言うと、深町は出かかったため息を呑み込むように苦い表情で唇を歪めている。

「…そうか。だからこの間、弁護士は嫌いだと言ったのか」

俯きがちにしょげたように呟いた津田を、深町はチラリと見て眉を寄せた。

「あれは、売り言葉に買い言葉の八つ当たりだと言っただろう。本気にするヤツがあるか」

いくぶんうろたえたように打ち消すと、深町は有無を言わせず津田を抱き寄せ押し倒した。

「なぁ、コンタクトにする気はないのか？」

「えっ？」

思いがけないことを訊かれ背けていた顔を向けると、深町は津田から眼鏡を取り上げ、思いの外真剣な顔で見下ろしてきた。

「眼鏡取ると、きりっと引き締まってた顔が妙にかわいくなるんだよな。どっちも捨てがたいが、オンとオフで使い分けるってのはどうだ」

「コンタクトなんて面倒くさいもの、使う気はない」

にべもなく津田が言い返すと、深町はさも残念そうに肩を竦めている。

その拗《す》ねたような表情が、なんだか悪戯好きなガキ大将のように見えて、津田は思わず苦笑してしまった。

すると、それが合図だったようにもてあそんでいた眼鏡をテーブルに置くと、深町は津田のパジャマのボタンを外し始めた。

剝き出しになった胸に唇を押しつけられ、パジャマのズボンの中へ大きな手を差し込まれる。

下着の上からやんわりとさすられ握り込まれると、津田は微かに息を乱し、ぼんやりと開けたままだった目を静かに閉じていた。

ぐっすりと眠っていた津田は、カーテンの隙間《すきま》から射し込む朝の光で目を覚ました。

そっとナイトテーブルの時計に目をやると、まだ六時まで少しある。

傍らでは、深町が安らかな寝息を立てていた。

ひそめた吐息をつき、津田は眠っている深町を気遣いながらそっと起き上がった。

途端――。

「なんだ、もう起きるのか」

背中から声がかかり、驚いて振り向くと深町が眠そうに目を瞬かせている。

「まだ、早すぎるだろう」

「一度帰って着替えたいんだ」

素っ気なく言ってベッドを出ようとした津田の腕を摑み、深町が強引に引き戻そうとする。

「放してくれ。朝から遊んでるヒマはない」

「着替えならあるから心配するな」

もがく津田をなんなく組み敷くと、深町は肉食獣のような大きなあくびをした。

「だから、もうちょっといい子にしてろよ。一緒に、朝メシ食いに行こうぜ。この近くに、早朝から開けてる中華粥《がゆ》の店がある」

裸の胸に触れる、深町の髪がくすぐったい。

「朝はいつも食べないんだ」

「食わなきゃ、頭が回らないだろうが」

深町は、どうしても津田と一緒に朝食を摂《と》るつもりらしい。

苛立ちを抑えるようにため息をついた津田の耳元で、深町がボソリと言った。

「宮下孝司の遺体の写真、知り合いの監察医に見せて意見を訊いてみた」

「えっ!?」と津田は驚いて顔を向けた。

「そんな大事なこと、どうしてもっと早く昨夜《ゆうべ》のうちに言わないんだ」

「昨夜はお前が妙な話を持ち出したりするから、言いそびれたんだよ。いいじゃないか。昨夜と今朝《けさ》と、大して差はないだろうが」

不満そうに言うと、深町はごろりと仰向けになった。

「それで、どうだったんだ」

勢い込んだ津田をチラリと見やり、深町は天井を見つめたまま淡々と告げた。

「孝司の両下腿《りょうかたい》に残ってた傷、あれは自己転倒などでできるような生やさしい傷じゃないそうだ。疾走してきた車の前面部分に接触してできた可能性が非常に高い。おそらく、車高のかなり低いスポーツタイプの車だろうという話だった。必要なら、意見書を書いてくれると言ってくれたよ」

「すごいじゃないか。さすがに、現職警察官だな」

それまでの不機嫌も忘れ、津田は手放しで賞賛した。

そんな津田に深町は面映《おもはゆ》そうに苦笑いしてから、ふっと表情を引き締めている。

「担当検事は須永医師の診断は充分信頼できると確信したからこそ、北方署の交通課にほんの意趣返しをするつもりで司法解剖の必要はないと突っぱねたんだろう。だが結果的に、担当検事のつまらない意地のせいで、ひき逃げ事件が単なる病死にされてしまうことになった。こんな理不尽な話があってたまるか。社会正義にも反する。俺が必ず、真相を探り出してやる」

双眸に強い光を湛え、深町はきっぱりと強い口調で言いきった。

とても、少し前まで眠そうに大あくびをしていたのと同じ男とは思えない。

これが深町潤穀という男の本質なのか——。

半裸で横たわる目の前の男を、津田は初めて見る思いがしていた。

その衝《つ》かれたような思いが、ごく自然に口を開かせた。

「どうして、警察官になったんだ？」

問いかけに、ちらりと津田を見やると、深町は恥じらったように薄く笑った。

「別に深い理由はない。大学で就職活動が始まった頃、スーツを着て面接を受けるより試験を受けて入れる警察の方が向いてる気がしただけだ」

確かに、深町は本音と建て前を器用に使い分けるタイプではなさそうに思える。

「真澄は？　どうして弁護士になった」

「大学受験の時、将来はぜひ社会や人の役に立つ仕事に就きたいと考えて、弁護士を目指して法学部へ進んだ。でも、在学中に司法試験に合格することはできなくて、一度は諦めてサラリーマンになったんだ。だけど、経済変動の波に揉まれながら仕事を続けるよりも、弁護士になって困っている人を助けたいと思う気持ちが捨てられなくて、会社を辞めて再チャレンジしたんだ」

自分でも思いがけないほど素直に答えた時、ふと自分と深町は案外似た者同士なのかもしれないという思いが脳裏を過ぎっていた。

津田も得意先に阿《おもね》るようなことを言ったり、上司の顔色を窺ったりするのは何より苦手だった。

「でも、初めてだな。真澄が俺の個人的なことに興味を持ったのは……」

ニヤニヤと嬉しそうに言われ、津田は我に返ったように顔をしかめた。

「このところ毎日、現場近くへ出向いて目撃者捜しをしてるんだ。まだ有力な情報は一つもないんだが、これからは車高の低いスポーツタイプに絞って当たってみることにする」

「生兵法は怪我《けが》の元だ。あまり無理をするな」

津田がわざと話題を変えたことに気づいたはずだが、深町は一言釘《くぎ》を刺すように言うと起き上がりベッドを出た。

「そろそろ、出かける支度をするか」

クローゼットを開けると、深町は中から紙袋を取り出した。

「シャワー浴びるんだろ。出たら、これを使え」

津田が渡された紙袋を開けてみると、入っていたのは新品のシャツとネクタイである。シャツはブロード素材の白無地。チャコールグレーのグラデーションストライプのネクタイは、特別高級品ではないが、合わせやすく趣味のよい落ち着いた雰囲気のタイだった。

「いつも朝早く帰りたがるのは、外泊したのを事務所で知られたくないからなんだろ」

自分の着替えを取り出しながら、深町がさりげなく言った。

深町の気配りは嬉しかった。

でも、恋人同士でもないのに、どうしてこんなことまでしてくれるのかと思ってしまう。それとも、これも津田の身体を自由にする必要経費だとでも言うのだろうか。

「今度から、こんなことはしないでくれ」

「どうして?」

振り向きざまに憮然とした顔で訊いた深町に、津田は「もらう理由がない」と硬い声で続けた。

「分かった」と深町はしごくあっさりと、津田の言い分を受け入れた。

「すまない。せっかく、気を使ってもらったのに」

伏し目がちに詫びた津田に、深町はもう何も言わなかった。

「先にシャワー浴びてきていいよ」

バスルームへ向かう深町が無言のまま津田の脇をすり抜けていった時、津田は心奥がちくりと痛んで不意に泣き出したいような気分になっていた。

どうして、そんな気持ちになったのか、自分でもさっぱり分からない。

ただ、こんなのは違う。絶対に違う。

そう駄々をこねるように、胸の裡で何度も呟き続けていた。


東京拘置所の門を出てくると、外はすでに暮れかかっていた。

吹きつける風の冷たさにコートの衿を立て、津田は俯きがちに歩きだした。

津田が国選弁護を担当することになった被告は、居酒屋で酔って口論となった友人を持っていたナイフで刺してしまった、二十歳《はたち》になったばかりの永井充《ながいみつる》だった。

幸い、友人は比較的軽症で生命に別状はない。

拘置所の面会室に現れた充は、髪を金色に染めて、耳にはピアスの穴がいくつも開いていた。

しかし、津田が関係者に直接訊いた話では、充は塗装工として真面目に働いていたようだった。

ただ、少々酒癖が悪く、喧嘩《けんか》っ早いところはあったらしい。

面会は今日で三回目だった。

最初は、ふて腐れて不信感の塊のような目で津田を見ていた充も、面会を重ねるうちに少しずつ心を開き始め、今日ようやく起訴状の内容確認にまでこぎ着けた。

しかし——。

充は友人と口論になり、持っていたナイフで友人を刺してしまったことは認めた。ナイフは普段から、護身用に持ち歩いていた物だと言う。

『だけど俺は、刺したのは一回だけで、あいつの服を切り裂いたりはしてない』

真剣な眼差しでそう訴える充の言葉に、津田は静かにうなずいた。

それでも、心奥で本当にそうだろうかと、つい考えてしまっていた。

起訴状によれば、充は友人の左脇腹を刺した後、さらに彼の着ていたジャンパーを突き刺し切り裂いたとある。

それなら、どうして取り調べ段階でそんな供述をしたのかと訊いた津田に、充は『刑事がしつこかったからだよ』と憎々しげに答えた。

そして、津田までを睨《ね》めつけるようにして『アンタも信じねぇなら、いいよそれで』と、吐き捨てるようにつけ加えた。

充の主張を信じるべきか否か——。

いや、充の訴えは、信じるに足るものだろうか——。

少し前の津田なら、何よりもまず被告の主張を受け入れようとしたのに違いなかった。

事実確認は当然必要だが、弁護士とはまず依頼人を信じることから始めなければならない。

それなのに津田は、充の訴えにのっけから疑念を抱いてしまったのである。

こんなふうに津田を変えてしまったのは、他ならぬ深町だった。

深町から聞かされた『リストラ殺人事件』の経緯が、津田の弁護士としての心にブレーキをかけてしまった。

一口に傷害罪と言っても、法定刑は十年以下の懲役、または三十万円以下の罰金もしくは、千円以上一万円未満の科料と、他の犯罪に較べて格段に幅が広い。

それは、喧嘩の経緯にもさまざまな理由がある上に、今回のようにナイフで刺したりした重傷害から、素手で殴って打撲を負わせた程度まで、傷害の程度自体にも大きな差があるからである。

今回の事件も、津田の情状弁護次第で充の量刑は大きく変わる可能性があった。

平たく言えば、執行猶予がつくか、つかないかだが、その差は天と地ほども大きい。

何より、被告となった充にとっては人生がかかった大変な事態で、充が頼れるのは弁護士の津田ひとりである。

そして、判決で執行猶予を勝ち取れるかどうかは、津田の弁護士としての今後の評価にも繋がってくるというのに——。

「…弁護士失格だ」

薄墨色に染まり始めた空を見上げ、津田は苦く呟いた。

深町と、軽々しくつき合うべきではなかったのだ。

今さらのように、激しい後悔が募ってくる。

津田にとって、具体的な目的のためにセックスをするのは、正真正銘、深町が初めてだった。

わずかな期間に、自分がひどく薄汚れてしまった気がしてやりきれない。

新品のシャツとネクタイを手に困惑している津田の横を、無言ですり抜けていった時の深町の表情を思い出すと、今でも胸苦しくなってしまう。

あの時の胸の痛みの正体に、津田はもうとうに気づいてしまっていた。

自分は深町を愛してしまった——。

「最低だ、俺は……」

歯噛みしたい思いで呟くと、津田は胸の底に溜まった澱を吐き出そうとするように深いため息をついていた。


深町に『生兵法は怪我《けが》の元だ。あまり無理をするな』と釘《くぎ》を刺されたにもかかわらず、その日も仕事を終えてから、津田はひき逃げの目撃者を捜して事故現場近くを歩き回っていた。

自分に深町を愛する資格があるのだろうか——。

それは津田にとって、考えると息苦しくなるほどの重い問いかけだった。

出会いからして、身体《からだ》だけの関係のふたりだった。

そして、思いがけない再会の後、宮下孝司の調査に協力する代償として、津田の身体を要求してきたのは深町の方だが——。

今では、津田自身が身体を餌《えさ》にして、深町を利用しているような気さえしてきていた。

その罪悪感が、津田に自分でも何かしなければと思わせる焦燥感に繋《つな》がっている。

「車高の低い、スポーツカーじゃないかと思うんですが。それらしい車を見ませんでしたか」

今日は駅前で客待ちをしているタクシーや、早朝から配達をしている新聞販売店などを回った。

でも、誰《だれ》もが首を傾《かし》げ、覚えがないとすまなそうに言う。

「どんなことでもいいので、もし思い出したことがあったら、ここへ連絡をお願いします」

名刺を渡し、津田は丁寧に頭を下げた。

かれこれ、三時間近く歩き回り、身体が冷えきって足も棒のようになっていた。

どこかファミリーレストランで休憩でもと思ったが、生憎《あいにく》近くにそんな店はない。

せめて自動販売機で温かい缶コーヒーでも買いたいと周囲を見回すと、少し先に明々と光を放っているコンビニの看板が目に入った。

あそこへ行けば、少しの間、身体を温めることができるかもしれない。

そう思って、津田はコンビニへ向かって歩いていった。

蛍光灯の明かりが眩《まぶ》しいくらいの店内へ入ると、途端におでんのいい匂《にお》いが漂ってきた。

レジでは、アルバイトなのか大学生くらいの茶髪の男性店員が、眠そうにあくびをしている。

客は、津田の他には誰もいなかった。

ついでに今晩の夜食も買っていくことにして、津田は店内備えつけのカゴを持つとまずタラコと昆布のおにぎりを選んで入れた。

それから、カップ麺《めん》の棚へ移動すると、隣にレトルトのお粥《かゆ》が並べられていた。

ふっと、鼻先を中華粥のいい香りが掠《かす》めた気がして、津田は無意識に息を吸い込んだ。

あの朝、深町が連れていってくれたのは、古くからあるマーケットの中で中国人が経営している小さな中華料理店だった。

早朝から営業している店内には、長距離便の運転手や仕入れの帰りらしい人々など、思ったより大勢の客が入っていた。

あっさり塩味の中華粥は粘りがなくスープに近い感じで、普段、朝食は摂《と》らない津田にもぺろりと平らげることができた。

少し考えた末、津田はカップ麺の他にレトルトの中華粥もカゴの中へ入れた。

レジでホットの緑茶をプラスして精算すると、店を出る前に津田は、まだどこかあどけなさを残した人の良さそうな店員にひき逃げの件を訊《き》いてみた。

「あー、あの交差点のとこに看板が立ってるヤツね……」

店員は、津田が差し出した名刺をしげしげと眺めて呟《つぶや》いた。

「そうです。あの事故の目撃者を捜しているんです」

「それさぁ、前にも誰か似たようなこと訊きに来た気がするけど」

「それはたぶん、被害者のお兄さんだと思います」

「そっか……」と、店員は気の毒そうにうなずいている。

宮下がすでに訊きに来ているなら、やはり収穫はなしか——。

内心、少々落胆しながらも、津田は念のため改めて訊き直した。

「ひき逃げをした車は、かなり車高の低いスポーツタイプの車ではないかと思うんだ。それらしい車、見なかったかな」

「スポーツカーねぇ……」

腕組みをして考え込んだ店員が、何か思い当たったように顔を上げた。

「ひき逃げと関係あるかどうか、分かんないけど」

「なんでもいいんだ。思い当たることがあるなら、教えてくれないか」

ためらいがちに言った店員を、津田は思わず咳《せ》き込むように促した。

「見てのとおり、この店、深夜から早朝にかけてはすっごいヒマなんだよね。だから、あの事故のあった晩も、パトカーや救急車のサイレンの音を聞いて、俺、何があったのか見に行きたくてうずうずしてたんだ。だから、覚えてるんだけど。救急車が来たりして騒がしくなるちょっと前に、シルバーグレーのスカリエッティがすっげぇスピードで走っていくのを見たんだよ」

「…ス、スカリエッティ？」

聞き覚えのない名前に怪訝《けげん》そうな顔をした津田を見て、店員は笑いながらうなずいている。

「フェラーリだよ。フェラーリ612スカリエッティ。弁護士さんなら、似たような車に乗ってんじゃないの？　あ、それとも弁護士さんだとやっぱベンツか」

軽口を叩《たた》く店員に苦笑しながら、津田は急いで手帳に車種をメモした。

「そのスカリエッティは、事故のあった交差点の方向から走ってきたんだね」

「そうだよ。まだ暗かったけど、色がシルバーグレーだったからはっきり見えたんだ」

あっさり答えた店員に、津田は轟《とどろ》く胸を抑え、さらに問いかけた。

「それは、救急車が来るどれくらい前でした？」

「覚えてないけど。そんなに時間は経ってなかったと思う」

「でも、お店の中にいて、よくその車が走ってくるのが分かったね？」

ふと疑問に思って津田が訊くと、店員は呆《あき》れたような顔をした。

「弁護士さん、ほんと車のこと知らないんだね。深夜にフェラーリのエンジン音が響いてきたら、車好きなら誰だって見るよ」

店員の話を聞きながら、津田は小躍りしたいような気分だった。

それなら、フェラーリのエンジン音に気づかなかったかと訊いて回れば、もしかしたらまだ掘り起こされていない新たな証言が出てくる可能性もある。

もちろん、まだそのスカリエッティがひき逃げと関係があると決まったわけではない。

だが、初めて手がかりらしいものを摑《つか》むことができた。

寒さも疲れも一気に吹き飛んで、津田はようやく見い出した希望に勇気百倍の心地がしていた。

フェラーリ612スカリエッティは、サラリーマンの平均年収の優に六倍もする高級車だった。

これなら、おそらく登録されている台数もそう多くはないだろう。巧くいけば、ひき逃げのあった晩、現場近くを通りかかったスカリエッティを割り出すことも可能に違いない。

そう考えた津田は早速、深町にメールで経緯と車種を伝えた。

電話で話さなかったのは、今、深町の声を直接聞いてしまったら、平静でいられなくなってしまいそうなおそれを感じたからである。

深町からは、折り返し電話がかかってきたが、幸いにもと言うべきか、ちょうど法廷の真っ最中だった津田は携帯の電源を落としてあった。

『深町だ。無理をしないで、後は俺に任せろ』

留守電に残された短いメッセージを、津田は苦い想いを噛《か》みしめるように聞いた。

深町の忠告を無視するつもりはなかったが、せっかく摑んだ手がかりにじっと手をこまねいている気にもなれない。

津田は毎日、仕事を終えると事故現場近くへ赴き、スカリエッティの目撃者を捜し回った。

だが、案に相違して、三日経っても新たな目撃者はなかなか見つからなかった。

一気に膨らんだ希望が、空気の抜けた風船のように萎《しぼ》んでしまいそうになる。

焦ってはダメだと、津田が自分に言い聞かせた時――。

不意に、背後から車のエンジン音が響いた。

そのどこかただならぬ気配に振り向いた津田の目を、突然点灯したヘッドライトが射抜く。

「うわっ！」

津田めがけて突進してきた黒い車をすんでのところでかわし、ホッとしたのも束《つか》の間、車はすぐに反転して再び突っ込んでくる。

「――っ！」

声にならない悲鳴を上げ、必死に走って逃げる津田に、正体不明の車が追い迫った。

ダメだ、ひかれるっ！

無我夢中で脇道《わきみち》へ飛び込もうとして、津田は出会い頭に自転車とぶつかり転んでしまった。

津田と衝突した自転車も転倒し、自転車だけが道路中央に投げ出される格好になった。

倒れた自転車をぎりぎりで避け、不審車は走り去っていった。

その赤いテールランプが滲《にじ》んでぼやけ、津田はそのまま気を失っていた。

自転車に乗っていた男性が呼んでくれた救急車で、津田は病院へ運び込まれた。

幸い、軽い脳震盪《のうしんとう》と打ち身という診断だったが、頭を打っているため、念のために一晩入院することになった。

警察の簡単な事情聴取を終え、病室のベッドでうつらうつらしていた津田は、廊下から聞こえた足音でふっと目を覚ました。

病室の引き戸が勢いよく開いたと思う間もなく、深町が血相を変えて飛び込んできた。

「真澄っ！」

大股《おおまた》でベッドへ歩み寄るなり、深町は起き上がった津田を苦しいほどに抱きしめた。

よほど急いで来たらしく、深町の髪は寝癖がついたままでボサボサだった。

よく見れば、ブルゾンの下に着ているのはパジャマの上着である。

津田の胸にも熱い安堵《あんど》が一気に込み上げて、涙ぐんでしまいそうだった。

「今、向こうで係からだいたいの事情は聞いたが、襲った車に心当たりはないのか」

俯《うつむ》きがちに、津田は首を振った。

「そうか……」と深いため息交じりに呟くと、深町はベッドサイドの椅子《いす》に腰を下ろした。

「でも、よく俺が事故にあったと分かったな」

「里崎から、すぐに来いと連絡があった」

ああ、そうかと津田は思った。あの辺りは北方署の管内だった。

だからどうというわけではないのだが、なんとなく胸の奥がすーっと冷えていく気がする。

「騒がせてすまなかった」

「気にするな。もう眠った方がいい。朝になったら、一緒に帰ろう」

横になった津田に布団をかけ直してくれると、深町はまるで幼子に言い聞かせるように言った。

そんなふうに優しくしないでほしい。

切なくなってしまうから――。

思わず顔を背けた津田の髪を、深町がそっと撫《な》でてくれる。

「でも、よかったな。須永総合病院へ担ぎ込まれなくて」

耳元で深町が、悪戯《いたずら》っぽく囁《ささや》いた。

確かに、別に何かされるとは思わないが、やはり今はあの病院にはかかりたくない気がする。

目を閉じたまま、うっすらと笑った津田の唇を、深町がそっと啄《ついば》んだ。

その瞬間、津田はようやく自分は助かったのだと心の底から実感していた。

もう大丈夫だ――。

心奥で胸を撫で下ろすように呟くと、津田は急速に深い眠りに引き込まれていった。


一夜明けて、午前中の脳波検査で異常なしと診断された津田は、昼前に退院すると半ば強引に深町のマンションへ連れてこられた。

「急を聞いて病院へ駆けつけた俺の善意を、真澄は無にするのか？　お前のために、今日は休暇まで取ったんだぞ？」

ひとりで自宅へ帰れるからいいと言い張った津田に、ずっとつき添っていた深町は憮然《ぶぜん》とした顔で恩着せがましくそう言ったのである。

なるほど、夜中に電話で叩き起こされた分の報奨をよこせということか、と津田は思った。

それならそうと、はっきり言ってくれた方がよほど楽なのに——。

シニカルな思いを押し隠し、津田は深町の車に乗り込んだのだった。

「腹が減ったな。なんにもないから、昼メシは鮨《すし》でも取ろう。いいか？」

津田がうなずくと、深町は携帯電話を耳に当て上機嫌で出前の注文をしている。

出かかったため息を呑《の》み込んで、津田は仕方なくラグの上に座り込んだ。

キッチンから、コーヒーのいい香りが漂ってきた。

淹《い》れたてのコーヒーを飲んでひと息つくと、津田は深町に訊かれるままに昨夜の出来事をもう一度詳しく話した。

「ナンバーは見てないと言ったな？　車種も分からないのか」

「何しろ、動転してたし……。それにヘッドライトが眩しくて」

黒っぽい車だったことは確かだが、と津田は記憶を探った。

「そういえば、左ハンドルだった気がするな」

「こんな車じゃなかったか？」

深町が取り出した写真には、ノーズの長い濃紺のスポーツカーが写っていた。

「マセラティのクーペだ」

「…分からないな。この車がどうかしたのか？」

曖昧《あいまい》な笑みを浮かべ深町が首を振った時、ドアチャイムが鳴り響いた。

にぎり鮨四人前を一つ盛りにした大きな鮨桶《おけ》を前に置いて、ふたりは昼食を摂った。

「真澄のおかげで休暇を取ったから、昼間からビールが飲める」

旺盛な食欲で深町は次々ににぎり鮨を平らげると、美味《おい》しそうに缶ビールを飲み干している。

深町の喉仏《のどぼとけ》が規則正しく上下する様子が妙にエロティックで、津田は慌てて目を逸《そ》らした。

誘われたわけでもないのに、急にそんなことを思う自分が、ひどく嫌らしく浅ましい気がして嫌悪感を感じてしまう。

『そーいうの、なんていうか教えてやろうか？　ヤリマンって言うんだぜ』

不意に、心奥で落合の侮蔑《ぶべつ》するような声が響き、津田は唇を噛みしめた。

「食わないのか？」

ほんの二つばかり、にぎり鮨を食べただけでうなだれてしまった津田に気づき、深町が心配そうに顔を覗《のぞ》き込んだ。

「あまり食欲がないんだ」

途端に眉《まゆ》をひそめ、深町は津田の顔色を確かめるようにじっと見つめている。

「具合が悪いんじゃないよな」

不安そうな問いかけは、津田にはセックスはできるんだろうなと訊いているように聞こえた。

唇の端にうっすらと笑みを浮かべると、津田は弛《ゆる》めていたネクタイを引き抜き、シャツのボタンを外し始めた。

「どうした。横になりたいのか？」

「違うよ。やるんだろう？　そのためにここへ連れてきたんだろ」

途端、深町の顔色がサッと変わった。

「何をバカなことを言ってるんだ！」

真顔で怒鳴りつけられ、津田はムッとした顔で見返した。

「バカなこと？　今さらカッコつけることないじゃないか。どうせ、そのつもりだったくせに」

「お前、俺をそんな男だと本気で思ってるのか」

心外そうにきつく眉を寄せ、深町は努めて怒りを抑えようとしてか深く息を吸い込んでいる。

「違うのか？　俺が襲われたせいで、夜中に電話で叩き起こされ病院まで呼びつけられたんだ。今日はその埋め合わせをするために、わざわざ休暇を取ったんだろう」

「いいかげんにしろ。マジで怒るぞ」

低く唸《うな》るように太い声で言った深町に一瞬気圧《けお》され、津田は唇を引き結んだ。

「俺は里崎に呼ばれたから、病院へ行ったんじゃない。真澄が心配だったから急いで行ったんだ。医者は脳波に異常はないが、一両日は安静にして様子を見るようにと言った。ひとり暮らしの部屋でもしも具合が悪くなったらと不安だったから、今日と明日は一緒にいたいと思って休暇を取ったんじゃないか。それを、お前はそんなふうに言うのか!?」

諄々《じゅんじゅん》と説き聞かせるような深町の言葉は、どれも津田の耳を素通りしていった。

「お為《ため》ごかしはやめてくれ!」

胸の奥で癇癪《かんしゃく》玉が破裂したように苛立《いらだ》ちが募り、津田は深町の鼻先でぴしゃりと戸を立てるように言い放った。

「なんで急にそんなことを言う? 身体の相性が抜群だから、ひき逃げの調査が終わるまでの間、関係を続けるという取引をしたんだろう。それとも、もう俺には飽きて興味がなくなったのか? それならそうと、はっきり言ってくれた方がいい」

「落ち着け、真澄」

幼子をなだめすかすように、深町は優しく言った。

「昨夜《ゆうべ》のショックで気が立ってるんだ。少し眠った方がいい。ベッドへ行こう」

「ほーら、やっぱり」と津田は唇を歪《ゆが》めるように言った。

「なんだかんだ言って、結局、やるんじゃゃ……」

最後まで言わないうちに頬《ほお》に熱い衝撃を受け、津田は驚いて口を噤《つぐ》んだ。

それは指先が掠めた程度で、充分すぎるほど手かげんされた平手打ちだった。

にもかかわらず、津田の左頬はじんじんと痺《しび》れているようだった。

「…すまん。つい……。悪かった。謝る。勘弁してくれ」

しどろもどろで詫《わ》びる深町を、津田は口惜しげに睨《ね》めつけた。

頬の痛みは苛立ちとなって、津田の身体中を火花を散らして走り回っている。

ガサついた沈黙が支配したワンルームは、息が詰まりそうなほど狭く感じられた。

堪《た》えきれず、津田は脱ぎ捨てた上着を摑み立ち上がった。

「帰る」

「ちょっと待て、送っていこう」

「ひとりで帰れる」

慌てて腰を浮かした深町にピシャリと言うと、津田はそのまま玄関へ向かった。

深町はもう追ってこなかった。

玄関先に置いてあったブリーフケースとコートを取り、靴を履こうとすると一瞬目眩《めまい》がした。

目を閉じて下駄箱に手をついて息を整えていると、リビングから深町の声が追い縋《すが》ってきた。

「真澄、戻ってこいよ」

一瞬引き返したい欲求を覚え、津田はちらりとリビングを振り向いた。

今ならまだ間に合うと、心のどこかで呟きがする。

それを振り払うように小さく首を振ると、津田は深町の部屋を後にした。

翌日、自転車とぶつかって転倒した時に壊れてしまった眼鏡《めがね》を修理に出すと、津田はその足で被害調書作成のため北方署交通課を訪れた。

「お忙しいところ、わざわざすみません」

案内された小部屋で津田が待っていると、やってきたのは里崎巡査だった。

「お身体の方はどうですか?」

にこにこと如才ない笑みを浮かべて訊く里崎に、津田も穏やかに微笑《ほほえ》み返した。

「打撲の痛みはまだ残っていますが、その他はもう大丈夫です」

「それはよかったです。深町警部もホッとなさっているでしょう」

チラリと上目遣いに津田を見て言った里崎は、どこか津田の表情を探っているような気がした。

里崎は津田と深町の関係を、どう思っているのだろう。

まさか、男同士で身体だけの関係を続けていることまでは知らないと思うが——。

滲むような緊張と不快感が背筋を這《は》い上がってくるのを堪《こら》え、津田は曖昧にうなずいた。

改めて、当時の状況を津田から詳しく訊き取ると、里崎は正式な被害調書を作成した。

「…そうですか。覚えているのは、黒っぽい車で左ハンドルだったということだけですか」

「何しろ、動転していましたし……。それにヘッドライトがすごく眩しくて」

昨日、深町に言ったのとほぼ同じ説明を口にした時、津田の脳裏に一枚の写真が蘇《よみがえ》っていた。

「マセラティのクーペ……」

ふと呟くと、途端に里崎の双眸《そうぼう》がキラリと光った。

「その車が、どうかしましたか？」

里崎の口調がわずかに問い質《ただ》すように変わったことに、津田は敏感に気づいた。

「いえ……。昨日、深町警部に写真を見せられたので、自転車の方が覚えていたのかと思って」

「そうですか」と里崎は少々落胆したように言った。

何かある、と津田は内心で思った。

「どこから出てきたんですか？　マセラティのクーペという車種は」

「さぁ、僕には分かりかねます」

すかさず踏み込んだ津田をかわすように首を振ると、里崎は書き上げた被害調書に津田のサインを求めた。

「今日は、お忙しいところご苦労様でした」

津田の署名捺印《なついん》がすむと、里崎は開いていたファイルを閉じそそくさと立ち上がろうとした。

その時一枚の写真が、ひらりと床に落ちた。

それは、津田が昨日深町に見せられたのと同じ写真だった。

「どうして、これがここに!?」

驚いて訊いた津田を、里崎はシマッタという顔で困ったように見た。

「この車、誰の車なんです!?　もしかして、わたしを襲った犯人の目星がついているとか!?」

語気鋭く詰め寄った時、ふいに閃《ひらめ》いた思いがあった。

「もしかして、例のひき逃げ事件を起こした車なんじゃないか!? そうなんだな!?」

「それは違います。スカリエッティはすでに廃車にされ……。あっ――」

慌てて掌《てのひら》で口を押さえた里崎を、津田は正面からじっと見据え低く凄《すご》んだ。

「どういうことだ。分かるように説明してくれないか」

「…い、いえ、あの……。ですから……」

「大丈夫。君から聞いたことは、深町警部には絶対に言わないから」

しどろもどろで冷や汗をかいている里崎に、津田は一転してなだめるように微笑みかけた。

「本当に内分にしてもらえますか?」

「約束する」

津田が言明すると、里崎は諦《あきら》めたようにうなずいている。

「今、スカリエッティはすでに廃車にされていると言ったが。ということは、持ち主が分かったということだな?」

何しろ、家が一軒建つほどの値段の車である。登録台数はそう多くはないはずだった。

「誰なんだ」

「…須永雄一朗です」

不承不承、里崎が答えた瞬間、津田は思わず「えっ!」と叫んでいた。

「まさか……」

「本当です。津田先生からの連絡を受けた深町警部が、陸運局に問い合わせて分かったんです。もちろん、同じ車種を所有していたからといって、須永雄一朗がひき逃げの犯人と決まったわけではありません。でも須永はひき逃げ事件の直後、新車で購入してからまだ一年足らずだったスカリエッティを突然廃車にして、マセラティのクーペに乗り換えているんです」

開き直ったように説明する里崎の話を、津田は惘然《ぼうぜん》として聞いていた。

そんな信じられない話があるだろうか!?

ひき逃げされた被害者を病死と診断した主治医が――。

でも、もしも須永がひき逃げの真犯人だとしたら、須永があくまでも宮下孝司は病死だと主張して譲らないことにも説明がつく。

津田はごくりと唾《つば》を呑み込んだ。

「それじゃ、一昨日《おととい》の晩、俺を襲ったのも須永かもしれないのか」

「確証はありません。今のところ須永には、一昨日の晩のアリバイも一応ありますし」

里崎は、どこか奥歯に物が挟まったような言い方をした。

「でも、警察は須永を疑っているんだな」

津田の念押しに、里崎は困ったように頭をかいた。

「というより、深町警部がと言った方が正確だと思います」

「深町警部は何をどこまで探り出しているんだ。知っていることを教えてくれないか?」

観念したように深いため息をつくと、里崎はもう一度「深町警部には内緒ですよ」と念を押すように言った。

「これは、深町警部が調べられたのを聞いたんですが。須永総合病院は、元は『須永脳神経外科』という小さなクリニックだったそうです。総合病院になったのは十年ほど前、今の院長の代になってからですが、経営は苦しかったようです。それが一転して今のように羽振りがよくなったのは、五年前にアメリカでスポーツ整形外科医をしていた次男の雅人《まさと》が帰国してからとのことです」

「スポーツ整形外科……」

津田は、初めて須永総合病院を訪れた時の、玄関前の光景を思い出していた。

「そういえば、俺が行った時も、メジャーリーグで活躍してる松原がちょうど退院するところで、マスコミが大勢取材に来てたな」

「プロ野球だけじゃないですよ。プロサッカーやオリンピック代表選手まで、今や日本の一流アスリートの多くが故障すると須永総合病院を頼ってるらしいです」

「そうなのか。そんな有名な病院だったとは知らなかった」

感心した津田に、里崎は「有名なのは病院というより、須永雅人医師個人ですけどね」と苦笑交じりの訂正を入れた。

「彼の腕は、確かに超一流らしいです。今や、あの病院の屋台骨を支えているのは雅人だというのが、もっぱらの評判です。何しろ、一流のプロスポーツ選手が入院するのは必ず、一泊何十万もする特別室ですから。謝礼や寄付金もたっぷりと弾んでくれるでしょうし。院長である父親は、雅人がまたアメリカへ行くなどと言い出さないようご機嫌取りに必死らしいという話です」

なるほど、と津田はうなずいた。

だがそれと、宮下孝司の件とはどう繋がるのだろう――。

胸の裡《うち》で呟いた津田の疑問を察したように、里崎が静かに言葉を継いだ。

「これまで、次期院長は長男で副院長の雄一朗で決まりとされていました。ところが、ここへきて稼ぎ頭でマスコミにも名の知られた次男雅人の株が急上昇してきた。聞くところによると、院内での人望も雅人の方が断然あるようです。当然、雄一朗は面白くない。で、夜な夜な赤坂《あかさか》や六本木《ろっぽんぎ》で豪遊しては憂さ晴らしししているらしいです」

「…赤坂や六本木?」

確か須永の自宅は、病院から車で五分ほどの所にある高層マンションの一室だった。

赤坂、六本木方面から車で帰宅してきたとすると、逆方向になり事故現場は通らない――。

先ほど、里崎が確証はないと言ったのは、そういうことも含めてということなのかもしれないと津田は思った。

「分かった。話してくれてありがとう。感謝する」

そう言って頭を下げ部屋を出ようとした津田を、里崎が呼び止めた。

「津田先生」

振り向くと、里崎が意を決したように立ってきた。

「今、検察と事を構えるのは、深町警部のためになりません」

「どういうことだ」

向き直った津田を、里崎が逡巡《しゅんじゅん》するように見つめている。

「検察と事を構えるなというのは、検察審査会への異議申立はするなということか？」

「…身内同士ですから。検察と警察は……」

伏し目がちに低く押し殺した声で言った里崎を、津田は怒りを込めて見つめた。

「それは、深町警部のためではなく、君たち北方署交通課のためなんじゃないのか？　自分たちの初動捜査の失敗が表沙汰《おもてざた》になっては困るというんだろう」

「…それも…ないとは言えませんが……」

歯切れ悪く答えた里崎にもう何も言う気になれず、津田は黙って部屋を後にした。

長い廊下を歩きながら、津田はなぜ深町は須永の車のことを話してくれなかったのかと思った。

北方署を出た途端に携帯電話を取り出すと、津田は深町に連絡を取った。

『深町』

低く太い声が返ってきた時、ドクンと心臓が鳴って津田は微《かす》かにうろたえた。

それをごまかすように、ことさらに硬い声を出す。

「須永雄一朗がマセラティのクーペに乗ってること、どうして昨日教えてくれなかった」

『ん？　…ああ』

らしくもなく、言いわけを探すように口ごもった深町に、津田はさらに畳みかけた。

「しかも、須永雄一朗は買って一年足らずのスカリエッティを廃車にしているそうじゃないか。そんな重要なこと、なぜ黙ってたんだ」

『話す前に、お前が帰っちまったからだろうが』

まるで、悪いのは津田だと言わんばかりに開き直ると、深町は津田に話す隙《すき》を与えまいとするようにさらに言い募った。

『俺の好意は無にしておいて、情報だけよこせというのは虫がよすぎると思わないのか？』

ぐっと言葉に詰まり、津田は唇を噛みしめた。

「…それは――」

『誰から聞いたのか知らないが、後は俺に任せろと言ったはずだ。生兵法は大怪我の元だと、昨日身に沁《し》みたはずだろう。勝手な真似《まね》はするな。いいな』

一方的にそう捲《まく》し立てると、電話はぷつりと切れていた。

深町は、何をどう考えているのか――。

分からない。何も分からない――。

そう思った時、津田は深町と自分を繋げているのは身体だけなのだと、改めて思い知らされた気がしていた。

それは充分すぎるほど分かっていたはずのことなのに、心が音を立ててちぎれていった。


深町には、勝手な真似はするなと釘を刺されたが、やはりじっと黙って成り行きを見ていることは津田にはできなかった。

それに、里崎の言った『検察と警察は身内同士』という言葉も気になっていた。

さすがに、深町が真相を揉《も》み消すとまでは思わないが、すべてを警察任せにすることにもためらいを感じてしまう。

やはり、弁護側は弁護側で、独自に調査を進めておくべきではないのか――。

そう思った津田は、再び須永雄一朗にアポイントを取ると、須永総合病院を訪れた。

「今日は、どのようなご用件ですか？　申しわけないが、オペを控えていてあまり時間が取れないのですが」

副院長室を訪ねた津田をソファへ促しながら、須永はどこか探るような目つきで言った。

言葉つきこそ丁寧だが、見下すような横柄さは初対面の時と少しも変わっていない。

今日はそれに、強い警戒感が混じっているように思うのは、考えすぎだろうか。

「お忙しいところ、お時間をいただきありがとうございます。二、三、お伺いしたいことがあるだけで、お手間は取らせませんので」

一礼してソファに腰を下ろすと、津田は向かい側に座った須永をじっと見つめた。

あの晩、津田をひき殺そうとした車の運転席でハンドルを握っていたのは、本当にこの男なのだろうかと思ってしまう。

仮にも人の生命を救うのが仕事の須永が、そんなことをするとは思いたくないが――。

「…どうかしましたか?」

「いえ……。失礼しました」

少々居心地悪げに訊いた須永に軽く首を振ると、津田は早速、本題に入った。

「須永先生は、以前、フェラーリのスカリエッティを所有していらっしゃいましたね」

「ええ。それが、どうかしましたか?」

うっすらと余裕の笑みさえ湛《たた》えて、須永はあっさりと認めた。

「購入されて一年足らずで廃車にされているようですが、それはどうしてですか? あんな高価な車を、一年も経たないうちに廃車にされるのは少し不自然なように思いますが」

「どうもわたしは、仕事以外はめっぽう飽きっぽい質《たち》でして……」

須永は大げさな仕草で頭に手をやると、困ったように笑った。

「欲しいと思った物はすぐに手に入れないと気がすまないのに、手に入れてしまうと今度は他に目移りしてしまうのですよ」

「それで、マセラティのクーペに乗り換えられた?」

「そんなことまでご存じですか。参りましたな。でも、それがどうかしましたか?」

大仰に目を瞠《みは》ってみせる須永の態度は、少々芝居がかっているようにも見えて、いつもの須永に較《くら》べると不自然な感じがする。

「前にこちらへ伺った時に、死因についてお訊《たず》ねした宮下孝司さんですが、彼がひき逃げにあったのと同じ頃に、走り去っていくスカリエッティが目撃されています」

津田がそう言った途端、須永の顔色がサッと変わった。

「どういう意味です。まさか、わたしがひき逃げ犯だと言うんじゃないでしょうね」

目を眇《すが》め、強張《こわば》った硬い声で問い返す須永に、津田は薄く微笑みなだめるように首を振った。

「そうは言っていません。ただ、これは確認のためにお訊きしたいのですが、事故のあった日、つまり宮下孝司さんがこちらの病院へ運ばれてきた日ですが、須永先生は、深夜から早朝にかけてどこで何をされていましたか?」

「君っ! 失礼だろう!」

激昂《げっこう》して立ち上がると、須永は肩で息をしながらしきりに両手を握ったり開いたりしている。動揺しているのか、それとも気を鎮めようと努力しているのか——。

ソファに座ったまま、津田は静かに須永を見上げた。

「失礼は承知でお訊きしています。どうか、お答えいただけませんか」

「あの日は、前日にオペした患者の容態が気になったので、一晩中ここに詰めていた。だから、あんな早朝にもかかわらず、救急搬送されてきてすぐにオペすることができたんじゃないか！」

立ったまま津田を睨《にら》みつけ、須永は怒鳴るように答えた。

「なるほど、そうでしたか。失礼しました。では、それを証明してくださる方は、院内に大勢いらっしゃるわけですね」

「…いや、それはどうかな。わたしはこの部屋でずっと、ひとりで論文を読んでいたから」

一転して視線をうろつかせ、須永は歯切れ悪く言った。

「でも今、容態が気になる患者さんがいらしたと言いませんでしたか？」

「何かあったら、すぐ連絡するよう指示を出していたんだ。だから、わたしが院内にいることはスタッフ全員が知っていたはずだ」

最後は強気を取り戻した須永に、津田はそれ以上逆らわずにうなずいた。

「そうですか。分かりました」

「だいたい、宮下さんの死因は病死だと何度も言ったはずだ。それをひき逃げだのなんだの言い張ったあげく、今度はわたしを犯人扱いなど非礼にもほどがある。名誉毀損《きそん》で訴えるぞ！」

息巻くように言うと、須永は「帰ってくれ」とドアの方を指さした。

「お忙しいところ、どうもおじゃましました」

立ち上がり、丁寧に頭を下げると、津田は副院長室を出ようとして振り向いた。

「実は、つい先日、わたしも正体不明の車に襲われまして。犯人はまだ不明ですが、車種はマセラティのクーペではないかと思われます」

その瞬間の須永の顔を見逃すまいと、津田は息を詰めるようにして見つめた。

「まさか、それもわたしが犯人だと言うつもりか」

だが、憮然として言い返した須永の表情からは、さしたる動揺は読み取れなかった。

微かな落胆を感じつつ、津田は改めて須永に会釈した。

「いえ、とんでもない。警察に被害届を出してありますので、いずれ犯人は捕まると思います」

そう言うと、今度こそ津田は副院長室を後にした。


なんとかして、事件当夜の須永雄一朗のアリバイを確認できないだろうか。

ここ数日、津田はそのことばかり考えていた。

あれから何度か須永総合病院へ出かけ、脳神経外科に勤務する看護師など病院関係者に事件当時の様子を訊いて回った。

だが、病院は勤務形態が不規則なこともあって、三ヶ月も前のことを明確に覚えている者は誰もいなかった。

その上、個人病院勤務のせいか皆一様に口が堅く、表だって副院長を非難する者もいない。

それでも、須永の日頃の行状について、断片的な証言はいくつか手に入れることができた。

それによれば、須永はかなりエキセントリックで虚栄心の強い男のようだ。

だが、脳神経外科医としては、確かに優秀であるようだった。

研究熱心で欧米の最新の手術法などもいち早く取り入れ、学会での論文発表にも意欲的らしい。

着任当初は、脳神経外科の患者はすべて自分が診なければ気がすまないというほどで、『患者を任せてもらえないのなら、この病院に勤務している意味がない』と言って、辞めていった若手の脳神経外科医までいたほどだという話だった。

そのエピソードを語ってくれたベテラン看護師は、須永の責任感の強さを強調したかったようだが、裏を返せば同僚を信頼せず、何事につけ自分がお山の大将でなければ我慢できないという須永の性格を表しているようにも感じられる。

そして、スポーツ整形外科部長として華やかなスポットライトを浴びる弟の雅人医師とは、ほとんど口もきかないほど仲が悪いらしかった。

ある意味、ワーカホリックとも言える須永の状態は、雅人が同じ病院で働くようになってからよりいっそうひどくなり、一時は脳神経外科のことはどんな些細《ささい》なことでも須永を通さなければ何一つ決められないという状況だったという。

ところが、何があったのか、ここ一年ほど須永は仕事への意欲を失ったように夜遊びに夢中になり始めた。

今では、実質的に脳神経外科を取り仕切っているのは、須永ではなく副部長を務める勤務医だという話だった。

須永にいったい、どんな心境の変化があったのか――。

「分からないことだらけなんだよな」

事務所の自分の机に肘《ひじ》をつきぼんやりと思ってから、津田は「待てよ」と呟いた。

「今現在、実質的に脳神経外科を取り仕切っているのが副部長ということは……」

すくりと立ち上がると、津田はキャビネットの引き出しから『宮下孝司ひき逃げ事件関係』と背表紙に書かれたファイルを取り出した。

須永総合病院の診療科目と、担当医の一覧表を確認する。

脳神経外科には、四人の医師が在籍していた。部長はもちろん、須永雄一朗である。

「副部長は、市原和彦《いちはらかずひこ》医師か」

うかつにも、津田はまだ市原医師とは会っていなかった。

机の上の受話器を取り上げると、津田は覚えてしまった須永総合病院の代表番号を押した。

「弁護士の津田と申しますが、脳神経外科の市原先生をお願いします」

『もしもし、お電話代わりました。市原です』

受付から取り次いでもらった電話には、思いがけないほど気さくな声が返ってきた。

「お忙しいところ、畏《おそ》れ入ります。私は弁護士の津田と申します。市原先生にお訊ねしたいことがあり、ぜひ一度お目にかかりたいのですが。ご都合はいかがでしょうか?」

『ああ、そうですか。いいですよ。ただ、明日から学会で留守にしますので、今夜でよろしければ。その後だと、来週になりますが』

弁護士から突然電話がかかってきたりして警戒されてしまうのではと危惧《きぐ》していた津田は、市原が具体的な用件も訊かず、あまりにあっさり了承したので肩すかしを食ったような気分だった。

「では、今夜ぜひお願いします」

待ち合わせ場所と時間を決めると、津田は丁寧に礼を言って電話を切った。

もしかしたら、何か手がかりが摑めるかもしれない。

そう思うと、沈滞していた気持ちが一気に昂揚《こうよう》していくのが分かった。

一方で、やらなければならない仕事は、宮下孝司の件以外にも山積している。

先週、検察側の論告求刑が行われた裁判の、最終弁論の起案を急がなければならない。

新たに国選弁護を引き受けた刑事事件の証拠の点検作業も、決してゆるがせにはできなかった。

また、消費者金融がらみのトラブルの解決も依頼されている。

時間をムダにすることなく、集中して一つ一つ片づけていかなければ——。

頭の中を宮下孝司の件からいったんリセットしてクリアにすると、津田はまず最終弁論の起案に取りかかり一心にキーボードを叩き続けた。

どれくらい経ったのか、不意に机に置いた携帯がブルブルと振動を始め、津田はドキリとして仕事の手を止めた。

携帯を取って見ると、液晶画面には『深町警部』の名が表示されている。

数瞬、思い迷うようにその名前をじっと見つめるうち、電話は留守番サービスに切り替わった。

昨夜から、これでもう三度目だった。

『深町だ。折り返し電話をくれ』

先の二度と寸分違《たが》わぬ短いメッセージを、津田は複雑な想いを噛みしめるように聞いた。

深町は、何を自分に告げたいのだろうと思う。

宮下孝司の捜査上のことで、何か新事実でも判明したのだろうか——。

会って話を聞きたい気持ちがないわけではない。

それでも、ちぎれた心の痛みが、津田に深町からの電話に出ることを躊躇《ちゅうちょ》させていた。

小さくため息をついて携帯を置くと、津田は改めて最終弁論の起案に神経を集中した。


市原医師が待ち合わせに指定したのは、恵比寿《えびす》にあるホテルのバーだった。

木やレザーを多用したインテリアが、上品な温かみを感じさせるバーは、ゆったりとした広さを持つ英国式のバーである。

約束の時間より十分ほど早く津田がバーへ入っていくと、思いがけず市原医師はすでに来て待っていてくれた。

なんとなく、機先を制された気分で緊張してしまう。

「初めてお目にかかります。弁護士の津田と申します」

ボーイに案内されたテーブルの傍らに立つと、津田は名刺を差し出して丁重に挨拶《あいさつ》した。

「須永総合病院の市原です。まぁ、どうぞおかけください」

五十がらみの市原は、鼻の下に蓄えた髭《ひげ》がとてもよく似合う、穏和な感じの紳士だった。

「こちらからお願いしておきながら、お待たせしてしまい申しわけありません」

恐縮して頭を下げた津田に、市原は「いやいや」と穏やかな笑みを浮かべ首を振っている。

「実は、明日早いのでこのホテルに部屋を取っているんです。ひとりで論文を読んでいるのにも飽きてしまって、一足先に来て飲んでいただけですからお気になさらず」

目尻《めじり》に柔和な皺《しわ》を刻んで、市原は鷹揚《おうよう》に言った。

言葉どおり、市原の前にはクリスタルのロックグラスが置かれていた。

「失礼ですが、何をお飲みになっているんですか?」

「ダルウィニーの十五年です。スコットランドの、もっとも愛すべきシングルモルトの一つです」

津田はあまり酒には詳しくないので、初めて聞く銘柄だったが、市原がとても美味しそうに飲んでいるので同じ物を頼んでみることにした。

「そろそろわたしにも、津田先生から連絡が入る頃じゃないかと思っていたんですよ」

「どうしてですか？」

ロックグラスの氷をカラリと鳴らして、市原は低く含み笑った。

「いろいろ、訊いて回られていたでしょう。ウチのスタッフに」

津田の前にも、ウェイターが琥珀《こはく》色の酒を入れたグラスを運んできた。

「ご存じでしたか……」

緊張気味の笑みを浮かべ、津田はロックグラスを持ち上げゆっくり味わうように口に含んだ。

芳醇《ほうじゅん》でやわらかく、微かな甘さを感じさせる酒だった。

口の中で転がすようにして呑み込むと、スモーキーな後味が長く優しく続いた。

「美味しいですね」

「そうでしょう？　ダルウィニーというのは、ゲール語で『落ち合う場所』という意味です。今夜に相応《ふさわ》しいと思って選んでみました」

津田の緊張を解《ほぐ》そうとしてか、市原は少々戯《おど》けるように言ってグラスを掲げた。

それへうっすらと微笑み返すと、津田は仕切り直して本題に入った。

「先ほど、先生はわたしがスタッフの方々にいろいろ訊いて回っていることを、ご存じだったとおっしゃいましたが、それでは、わたしが何について調べているかもご承知なのでしょうか？」

無言のまま表情を改めると、市原は小さくうなずいた。

「須永先生は優秀な脳神経外科医です。これは間違いありません。彼が今も大学医局に残っていれば、今頃は間違いなく教授職に就いていたでしょう」

「どうして、須永先生は大学をお辞めになったんですか？」

手にしていたグラスをテーブルに置くと、市原は間を取るようにゆっくりと足を組み替えた。

「自分がなれると思い込んでいた准教授のポストに、自分より後から講師になった同期の医師が抜擢されたのが原因です。プライドの高い須永先生には、耐えられなかったのでしょう」

たったそれだけのことで、と津田は思ったが、口には出さなかった。

弁護士と同じく、医師も独立して仕事をすることができる反面、組織の中にあってさえ、すべてを自分の責任でこなしていかなければならない孤独な職業であるのかもしれなかった。

高い志を持って知識や技術を身につけても、その心細さが地位や名誉といった虚飾への執着に繋がってしまうのだろうか——。

「でも、須永先生は欧米の最新の手術法をいち早く取り入れたり、副院長として、とても意欲的に診療に取り組んでいらっしゃるとお聞きしましたが」

「大学に残っている同期に、負けたくない一心なのでしょう。常々、須永総合病院の脳神経外科を、日本一にするのが夢だと言っていますから」

弟を案じる兄のような口調で言うと、市原は潜めたため息をついた。

「だが、惜しむらくは、彼は臨床医には向いていない」

「…臨床医に向いていない？」

微かに痛ましげな表情を浮かべ、市原は小さくうなずいている。

「彼は根っからの研究者なのですよ」

そう言うと、市原は飲み干したグラスを掲げて合図し、お代わりを注文した。

「すみません。不勉強で医療関係の事情には明るくなくて。説明していただけますか?」

「最新の治療法をいち早く取り入れることが、必ずしも患者さんのためとは言い切れない場合もあるのです。特に、脳神経外科の手術の場合、助かって意識が戻るか、それとも植物状態に陥ってしまうか、やってみなければ分からないという部分が、今でも他科に較べて非常に大きい。そんな時、わたしたち脳外科医が忘れてならないことは、どんな治療法を望むかは、患者さんや患者さんの家族の意思が最優先されるべきだということです。ぜひ試してみたい、やらせてほしいなどという、研究者としての視点は完全に捨て去らなければなりません」

伏し目がちに淡々と語ると、市原は「だから、須永先生は苦しかったと思いますよ」と囁くようにつけ加えた。

なるほどそういうことか——。

聞いていて納得すると同時に、津田は自分まで気持ちが重苦しく湿っていくような気がした。

大学医局を辞め、研究医から臨床医へ転身した須永は、理想と現実の狭間《はざま》でずっともがき続けてきたのかもしれない。

だが、人一倍プライドが高いため、須永はその苦しみを誰にも見せられなかったのだろう——。

ウェイターが運んできた新しいグラスで唇を湿らせると、市原は黙り込んでいる津田をちらりと見て嘆くように薄く笑った。

「ところが、弟の雅人先生は典型的な臨床医なのです。しかも、脳神経外科と違ってスポーツ整形外科は、この場所のこの程度の怪我なら、治療限界はどこまでか、リハビリでどれくらい機能回復が望めるか。そういった見通しが非常に立てやすい。それでなくとも事実上、脳神経外科をひとりで抱え込み、おそらく心身ともにいっぱいいっぱいだったはずの須永先生は、さらに雅人先生とも張り合おうとしてついに許容範囲を超えてしまった」

「…つまり、燃え尽きてしまった、とおっしゃるんですか?」

津田の問いに、市原は苦い顔でうなずいた。

「一年ほど前から、それまで車になどさして興味を示していなかったのに、突然、驚くほど高価な車を即金で購入して周囲を驚かせたり。夜な夜な飲み歩くようにもなりました。朝の回診時、須永先生が酒臭くて困ると、看護師長から内々に相談されたこともありました」

そうか、そんな事情があったのか、と津田は思った。

だからといって、もし須永がひき逃げ犯だとしたら、それはやはり許されることではない。

「宮下孝司さんのカルテやレントゲン写真を、市原先生はご覧になったことがありますか?」

「ありません」と、市原はあっさりと否定した。

「ウチの病院では電子カルテを採用していますし、レントゲン写真もすべてデジタル化されています。ですから、本来なら医師であれば誰もがカルテやレントゲン写真を確認できるのですが、須永先生が担当する患者さんに限っては、パスワードを入力しないと見られないのです」

「それでは、宮下孝司さんの本当の死因は、須永先生にしか分からないということですか」

市原は申しわけなさそうにうなずいた。

「そういうことになります。わたしもご遺族の方が死因に疑問を持たれ、何度も病院へ足を運ばれていると知った時に、助手を務めた研修医や器械出しをした看護師にオペの状況を訊いたのですが。…須永先生ご本人にお訊きしても、答えは分かっていますからね。助手はまだ経験の浅い研修医だったこともあって、はっきりしたことは分かりませんでした」

「そうですか……」

落胆して、津田は半ば氷が溶けてしまった酒をごくりと飲んだ。

薄まっていても、柑橘《かんきつ》系フルーツにも似たフルーティな味わいが、仄《ほの》かに胸に広がっていく。

もう一口、味わうように飲みながら、津田は市原が話してくれたことを頭の中で整理した。

「宮下さんが救急搬送されて来た時、市原先生は院内にいらしたのですか？」

「いました」

端的な答えに、津田は微かに目を見開いた。

「前日の夕方に脳出血で緊急オペをした患者さんの術後管理がありましたので、あの晩は病院に泊まり込んでいました。救急車受け入れの要請があり、わたしが救急外来へ下りていくと、すでに須永先生がいらしていて自分が診《み》るからいいとおっしゃったのです」

初めて耳にする、事件当日の明快な証言に津田は思わず身を乗り出していた。

「宮下さんが事故に遭われたのは、朝早い時間でしたが、そんな時間に須永先生が病院にいらっしゃることはよくあるんですか？」

「ええ、特に珍しいことではありません。副院長室の隣には専用の宿直室が設《しつら》えてありますので、接待などで帰宅が深夜になったりすると、ご自宅ではなく病院へ戻られて泊まってしまうんです。億劫《おっくう》になってしまうんでしょうね。でも、そんな時に救急車が来ても、ご自分から救急外来へ下りていらっしゃることは、最近は滅多になかったことなので驚いたのを覚えています」

津田は静かに息を吸い込んだ。

では、やはり——と、心奥で呟く。

「須永先生がよく飲みに行かれる店を、どこかご存じではないでしょうか」

「さぁ……」と市原は首を傾げた。

「すみません。それはちょっと分からないですね」

そう言うと、市原は居住まいを正し、静かに津田を見つめた。

「正直なところ、わたしは須永先生がひき逃げをしたとは思っていません。思いたくない、と言った方がいいかもしれない。でも、いつまでも疑惑を持たれたままでいるのは、須永先生のためにならない。そう思って、今日はお話しさせていただきました」

「分かっています。わたしは弁護士で、警察官ではありません。ただ、ご遺族の方が検察審査会に異議中立をしたいと希望していらっしゃるので、そのための調査をしているにすぎません。ひき逃げ犯がいるのかいないのか。いるとしたらそれは誰なのか。捜査をするのは警察の役目です」

言いながら、津田は胸の奥がちくりと痛むのを感じた。

深町に、結局今日も連絡をしなかった。

捜査をするのは警察の役目――。

自分自身の言葉が、胸の奥底へ揺らめきながら沈んでいくのを津田は感じていた。

市原と別れた津田がロビーへ出てくると、横合いから深町がぬっと現れ立ち塞《ふさ》がった。

「なぜ、連絡してこない」

怒気を孕《はら》んだ低い声で問い質され、津田は一瞬気圧されたが、すぐに負けじと見つめ返した。

「ここで何をしてるんだ。俺を待ち伏せしてたのか?」

「どこで何をしようと、俺の勝手だ」

「なんだって!?」

ホテルのロビーの中央で睨み合うふたりに、行き過ぎる人々が怪訝な眼差《まなざ》しを向けていく。

「来い!　話がある」

「放せっ！」

津田が摑まれた腕を振り解《ほど》くと、途端に周囲の空気がざわついた。

いつでも駆けつけられるようにベルボーイたちが、目配せし合っているのが目の端に見えた。

周囲の耳目を憚《はばか》る気持ちと、人目の多いロビーでは深町も無茶はできないだろうという思いが、津田の中で微妙にせめぎ合っていた。

その間隙《かんげき》を衝《つ》いて、深町のピンっと張った声が不意打ちのように響いた。

「逮捕されたいのか！」

その瞬間、津田は自分の周囲の空気密度がぎゅっと圧縮され、全身にのしかかってきたような錯覚を覚えていた。

四方八方から突き刺さる鋭い視線に、居たたまれなさが一気に募る。

「バカなことを……」

言うなと続けようとして、津田は深町なら本当にやりかねない気がして言葉を呑み込んだ。

沁み入るような深いため息をついて、小さく首を振る。

「ったく、職権乱用だろう……」

うんざりした顔で諦めたように詰《なじ》ると、仕方なく津田は踵《きびす》を返した深町と一緒に歩きだした。

ほとんど、傍目《はため》には任意同行を求められた容疑者である。

てっきりホテルを出ると思っていた深町がエレベーターホールへ向かうのを見て、津田は思わず呼び止めた。

「どこへ行くんだ」

「部屋を取ってある」

「なんだ。そういうことか……」

一気に脱力して、津田は昏《くら》く自虐的な笑みを浮かべた。

深町は何か捜査上のことで自分と連絡を取りたがっていたのかもしれないと、わずかでも思った自分がバカだったたと思う。

エレベーターに乗り込むと、津田は数日ぶりに見る深町をそっと窺《うかが》うように見つめた。

深町は着痩《きや》せするタイプで、スーツを着ていると細身に見えるのに、その実よく鍛えられ引き締まった身体はバネのような筋肉に覆われていた。

その逞《たくま》しい胸や黒々と豊かな髪の強い手触りなどを、自分でも驚くほどリアルに思い出すことができることに気づき、津田は微かにうろたえた。

無意識に深く息を吸い込むと、仄かにスパイシーウッディな香りを鼻腔の奥に感じた。

ダンヒルエキセントリック、いつの間にか馴《な》れ親しんでしまった深町の匂い——。

津田の胸に、やるせなさが泉のように溢《あふ》れていた。

落ち着いた濃い色調のインテリアでまとめられた部屋は、贅沢《ぜいたく》なゆとりを感じさせる広さだった。壁面いっぱいの大きな窓と、それを縁取る装飾的なドレープが一際目を引く。

「ずいぶん、高そうな部屋だな」

皮肉るように言うと、津田はツインの出口に近い方のベッドに、まずコートとブリーフケースを放り出すように置いた。

続いて、上着を脱ぎ捨てネクタイを引き抜いた津田を、傍らの深町が咎《とが》めるように振り向いた。

「何をしてる」

「シャワーを浴びにいくんだよ」

「俺は話があると言わなかったか？」

「今さら、見え透いたことを言うのはよせ。てっきり、もう俺には飽きたのかと思ってたけど、そうでもなかったみたいだな」

眼鏡を外しながら、津田は辛辣《しんらつ》な口調で半ば挑発するように続けた。

「だいたい、話をするためだけに、こんな高そうな部屋を取るなんて、誰が信じるんだよ」

不意に深町の目つきが、射竦《いすく》めるような鋭さを帯びた。

「…そうか」

底冷えのするような声にドキリとして思わず後退《あとずさ》った津田の腕を無言のまま荒々しく摑むと、もう片方の手で髪を後ろに引っ張られた。

痛みに呻《うめ》いて顎《あご》が上がったところを、嚙みつくように口づけられる。

呼吸もままならならず、津田は必死にもがいたが、深町の堂々たる体軀《たいく》はびくともしなかった。

ようやく唇が離れ、津田が夢中で空気を吸い込んだ瞬間、空いている方のベッドへ突き飛ばすように押し倒されていた。

引き毟《むし》られるようにシャツを脱がされ、ボタンが弾《はじ》け飛んでいく。強引に前立てを開かれると、びりっと布地の裂ける音が聞こえた。

初めて見る深町の凶暴性に驚き、同時に恐怖が募る。

「…や……め……っ」

分厚い胸に両手を当て夢中で抵抗する津田を、深町は無言のまま、まるで人形でも転がすように苦もなく裏返しにした。

「嫌…だ……い…あっ…ぐぅ……」

叫び声を上げようとした顎を掴まれ、深町の太い指が二本ねじ込まれた。

喉の奥深くまで差し込まれたせいで嘔吐《えず》きそうになったが、顎を掴まれているので歯を立てることもできない。

深町の熱を孕んだ荒い息が頬を掠めていく。

唾液《だえき》まみれになった深町の指が、無防備に晒《さら》された津田の最奥へ潜り込んできた。

津田の快楽のポイントを、深町の指は的確に捉《とら》え刺激した。

心とは裏腹に、身体が勝手に走りだしていってしまうのを、どうすることもできない。

どうして、こんな――。

屈辱に、ぎゅっと瞑《つぶ》った目尻から涙が溢れた。

「あっ……」

反らした背筋に電流が走り、思わず声が洩《も》れてしまった時、津田の心奥で棘《とげ》のように蘇った声があった。

『お前も好きだよな。…お前の取り柄なんて、その顔と身体だけ……』

途端、まるで呪文《じゅもん》をかけられたように、津田の身体から抵抗の力が抜け落ちていった。

腰を引き上げられ四つん這いになった津田の前へ、深町の手が回され握り込まれた。

「なんだ、勃《た》ってるじゃないか」

低く煽《あお》るような囁きに追い打ちをかけられ、津田はきつく唇を嚙みしめた。

心奥は冷え冷えと凍りついているのに、意に反して身体は熱く燃え上がっている。

どうにでもなれ——。

胸の裡で自棄《やけ》のように呟いた津田の中へ、深町がピリッと引き攣《つ》るような痛みとともにやや強引に入り込んできた。

その圧倒的な充溢《じゅういつ》感に、息が詰まりそうになる。

もう、何も考えまい。考えたってムダなんだ——。

頭の隅で津田がそう思った時、深町がゆっくりと動き始めた。

ズルズルと引き抜く寸前まで退いていく深町に反応し、津田の内奥が絡みつくように収縮する。

その感触に、津田は思わず甘ったるい声を洩らした。

「んっ…ふ…ぅっ……」

なんてはしたない声だ――。

こんなふうに乱暴に扱われているのに感じている。

もう考えるのをよそうと思うのに、心奥から意地の悪い呟きが後から後から溢れるように湧《わ》き上がってくる。

次の瞬間、身体がずり上がるほど深く重く突き上げられ、津田は仰《の》け反《ぞ》った。

「あっ、あぁっ……！」

喉奥から嬌声《きょうせい》がほとばしり、今度こそ津田は何も考えられなくなった。

背後からしっかりと津田を抱きしめた深町が、耳の裏をねっとりと舐《な》め上げ耳朶《じだ》をしゃぶる。

「あぁっ……ふっ…んっ」

痙攣《けいれん》するように悶《もだ》え、弾けかけた津田の根元を、無情にも深町がすかさず締めつけ阻んだ。

声にならない喘《あえ》ぎを洩らし、津田は激しく首を振って身悶えた。

まるで、糸の切れた操り人形のように、もう手にも足にもどこにも力が入らなかった。

ただ深町と繋がった腰だけが、ガクガクと揺さぶられている。

シーツに額を擦《こす》りつけ、津田は咽《むせ》ぶように泣き悶え続けた。

「…真澄」と、どこか遠くで呼ばれているような気がした。

それは、ひどく哀《かな》しげで焦がれるような声だった。

もう一度「真澄……っ」と切なく呼ぶ声が聞こえたように思った時、津田の心奥で灼熱《しゃくねつ》の塊が弾けていた。

その衝撃を受け、津田も押し寄せる大波に攫《さら》われるように達していた。

ゆらゆらと揺れ落ちるように激情の波が曳《ひ》いていくにつれ、どろどろに蕩《とろ》け落ちたようになっていた頭の中が少しずつクリアになっていく。

同時にどこからか吹き込んできた隙間風に、心奥で何かがコトリと小さな音を立てた。

しばらく息を整えるように、津田の背中の上でじっと動かなかった深町が身を起こした。

ずるりと引き抜かれる感触に、津田の汗ばんだ背中が微かにふるえる。

「…っん」

思わず鼻にかかった声を洩らした津田の髪に、深町の大きな手がそっと触れた。

手はそのまま頬を撫で、指先が唇を掠め名残惜しげに離れていった。

「…すまなかった」

耳元で苦しげに囁いた深町に、津田は顔を背け何も答えなかった。

抱き起こそうとする手を邪険に振り払うと、ため息が聞こえ、深町は津田をベッドに残したままバスルームへ消えていった。

ぐったりとうつ伏せていた津田は、バスルームから響いてきた水音に反応し寝返りを打った。

不覚にも溢れた涙が、こめかみを冷たく伝わって流れ落ちていく。

自分でも、何が哀しくて泣いているのか、さっぱり分からなかった。

ただ、胸の奥にぽっかりと深く暗い穴が空いたようで、虚《むな》しくてならない。

深い息をついて気を鎮めると、津田はそろそろと起き上がった。

動いてみると、乱暴に扱われたにしては身体のダメージは思ったほどではなく、津田は深町がかなり手加減していたことに気づいた。

床にはふたり分の衣服が、猥《みだ》りがわしい残骸《ざんがい》のように散乱している。

落ちているシャツを拾って羽織ると、ボタンはほとんど弾け飛び残っていなかった。

前立ての生地が裂けたスラックスに足を通しながら、津田は苦い自嘲《じちょう》に唇を噛みしめた。

幸い、上着とコートを着てしまえば、羽織っただけのシャツも破れたスラックスも隠れてしまって分からないだろう。

水音が響いているバスルームをちらりと見やり、放り出してあったブリーフケースを摑むと、津田は部屋から逃げ出していた。


「先生はさ、口では俺の言うことを信じるって言うけど、心の中じゃ疑ってるだろ」

ひどく投げやりな口調で言ったのは、傷害罪で起訴され、津田が国選弁護人を引き受けた青年、永井充である。

ガラスの仕切りの向こう側で斜に構え、ふて腐れたように津田を見ている。

「そんなことはないよ」

ポーカーフェイスで即座に否定した津田に、充は唇の端を吊《つ》り上げ小バカにしたように笑った。

居酒屋で酔って友人と口論になり、カッとなって持っていたナイフで刺してしまった。

それは認める、と充は最初から言っていた。

でも、刺したのは一回だけで、それ以上友人の服を切り裂いたりはしていないと主張して決して譲ろうとしない。

取り調べ段階で認めたのは、取り調べを担当した刑事があくまでもそう決めつけ、充の言い分に耳を貸そうとしなかったから自棄になったのだと言う。

弁護士として、津田はそれを信じたいと思った。

だが、その場に居合わせた友人たちは、誰もが酔っていて事件当時の状況についてはよく覚えていないと言って、津田の証人依頼を拒んだ。

被害者にも会って話を訊いたが、動転していて分からないと言われてしまった。

その上、塗装工として真面目《まじめ》に働いていた充の仕事ぶりを、法廷で話してほしいと頼んだ充の雇い主である社長にまで、事件のせいで仕事にも影響が出ているため、もう充とは係《かか》わりたくないと突っぱねられてしまった。

正直なところ、八方塞がりのような状況下で、津田自身、本当に充の言い分が正しいのかどうか判断がつきかねているというのが本音だった。

それでも津田は、充の主張に沿って弁護活動をしようと思ってはいるのだが——。

「いいよ、別に……。どうせ、俺の言うことなんか誰も信じちゃくれないって分かってるんだ。こんな事件起こしちゃって、ちょっとくらい罪が軽くなったって、もうどうしようもないもんな」

「それは違うよ」

内心を見透かされた動揺を覚られまいと、津田は思わず励ますような声で言った。

「君はまだ若いんだ。充分にやり直す時間はある」

「説教なら聞きたくない」

まるで威嚇《いかく》するように津田を睨みつけながら吐き捨てると、充はさっさと席を立ってしまった。

「待ちなさい。まだ、話は終わってない」

「俺はもう終わった」

慌てて呼び止めた津田に返ってきたのは、唸るような拒絶だった。

充自身、居合わせた友人たちが誰ひとり充に有利な証言をしてくれないばかりか、勤務先の社長にまで情状証人を断られてしまったと知って、大きなショックを受けているのだろう。

その上、たったひとりの味方であるはずの弁護士までが、自分を疑っていると薄々感じれば頑《かたく》なな態度になるのも仕方がないと言えた。

弁護士としての自分の力のなさを思い知らされ、津田は肩を落として事務所へ戻ってきた。

「ただいま」

「お帰りなさい。なんだか、ずいぶんお疲れみたいですね」

心配そうに言った真知子に、津田はかろうじて薄い笑みを浮かべた。

「宮下さんがお待ちです」

そうだった、と津田は慌てて壁の時計に目をやった。

今日は宮下が、調査の進捗《しんちょく》状況を聞きに来る日だったのに、約束より遅れてしまっている。

「第三面接室です」

真知子の声にうなずいて、津田が急ぎ面接室へ行くと、宮下がやや不安そうな緊張した面持ちで座っていた。

「お待たせしました」

「こちらこそ、お忙しいところをすみません」

丁寧に頭を下げた宮下と向き合って座ると、津田は抱えてきたファイルを開き、現在の状況を説明した。

「検察審査会に異議申立をする時は、この監察医の先生に孝司さんのご遺体の状況について意見書を書いていただけることになりました。これは、内々に協力をお願いした、警視庁交通部の深町警部のご尽力のおかげです」

みるみる明るい表情になり、宮下は嬉《うれ》しそうにうなずいている。

「その監察医の先生の意見書だけでは、まだ異議申立はできないんでしょうか?」

津田は困ったように目を伏せた。

事件を担当した検事と北方署交通課の確執について、どの程度説明したものか迷ってしまう。

「残念ながら、検察審査会の議決には拘束力がありません。ですから、検察審査会が『不起訴不当』『起訴相当』と議決しても、事件性があるかないかの最終的な判断は、検察審査会が出した議決について検討する担当検察官に委《ゆだ》ねられることになり、結局は却下されてしまう場合も少なくないんです」

「…そんな」

口惜しげに唇を噛んだ宮下を労《いたわ》るように、津田は小さくうなずいた。

「幸い、非公式ですが深町警部の協力を得られたこともあって、ひき逃げをした車は車高の低いスポーツタイプの車ではないかというところまで調べが進んでいます。検察審査会の議決が無に帰することのないように、もう少し決定的な証拠が摑めないか努力してみようと思っています」

「それではわたしも、今度の休みの日にスポーツカーの目撃者がいないか訊いて回ってみます」

「それはやめた方がいい」

意気込んだ宮下に、津田は思わず強く言ってしまった。

「…いえ。先ほどもお話ししましたように、内々ですが警視庁の深町警部に協力をお願いしていますので。かえって、捜査に混乱を生じるといけません」

まだ不確定な要素が多いと判断して須永雄一朗とスカリエッティの話を出さなくてよかった、と津田は内心で胸を撫で下ろした。

もし言えば、宮下はすぐにでも須永のところへ乗り込んでいきかねない。

それでは、最悪の場合、宮下までが津田のように襲われてしまう可能性もある。

「すみません。つい、気が逸《はや》ってしまって」

しょんぼりしてしまった宮下に、津田は慰めるように首を振った。

「お気持ちはよく分かります。わたしも、孝司さんはひき逃げされたと確信しています。なんとか孝司さんの無念を晴らせるように最善を尽くしますので、もどかしいとは思いますが、もう少し時間をいただけませんか」

宮下は静かにうなずいた。

「ありがとうございます。本当に、先生にはなんとお礼を言ったらいいのか……」

込み上げたものを堪えかねたのか、宮下は不意に顔を背けるように俯き、声を詰まらせた。

そんな宮下を、津田は痛ましい思いで見つめていた。

感情の昂《たか》ぶりを抑えるように深い息をつくと、宮下は静かに顔を上げた。

「弟が死んでから、本当にあちこちの弁護士事務所を回りました。でも、どの弁護士さんも相手にしてくれなくて。わたしの話をきちんと聞いてくださったのは、津田先生だけでした」

そう言うと、宮下は津田の双眸をまっすぐに見つめた。

「津田先生だけは、わたしの話を信じて手を尽くしてくださった。本当に、心から感謝していま す。これで、もしも検察審査会への異議申立が不調に終わったとしても、孝司もきっと許してく れると思っています」

宮下の言葉は、津田の心の深みに響き、静かな波紋を広げていった。

衝かれたように目を見開き、津田は微笑みを浮かべた宮下の生真面目な顔を見つめていた。


翌日、午前中の法廷を終えた後、津田は須永の車の処分を請け負った解体業者を訪ねた。

須永は新しく購入したマセラティのディーラーに、スカリエッティの廃車手続きを任せていた。

そこから辿《たど》って、解体業者の名前が判明したのである。

突然訪ねてきた津田が弁護士と知ると、須永の車の解体を請け負った安達《あだち》は、無精髭の目立つ角張った浅黒い顔に用心深そうな愛想笑いを浮かべた。

できるだけ警戒させないように、津田は須永のスカリエッティについて質問した。

「ああ、その車ならもう処分しちまったが、よく覚えてるよ。なんたって、まだ一年そこそこしか乗ってないフェラーリ潰《つぶ》すってんだ。忘れろって方が無理な話だ」

解体工場の片隅にある埃《ほこり》っぽい事務室で、安達はあっさりと言った。

「そんな新しい車を、どうして廃車にするのか、事情は訊かなかったんですか？」

「訊いたさ」と、安達は当然だという顔で答えた。

「なんて言ってました？」

「飽きたんだってよ」

煙草《たばこ》に火をつけながら、安達は呆れたように言って肩を竦《すく》めた。

「でも、あんな高い車なら、普通は下取りに出したりするもんじゃないですか？」

「さぁねぇ。金持ちの考えることなんか、俺には分かんねぇよ」

さも興味なさそうに言いながら、安達は津田をじゃまにするかのように、せわしなく煙草を吹かしている。

なんとなく居心地の悪さを感じながらも、津田は何か手がかりはないかと質問を続けた。

「どこかに傷がついていたとか、気がついたことはありませんでしたか？」

「別に……。きれいなもんだったな」

「そうですか」と言って、津田は窓の外の廃車置き場へ目をやった。

冬空の下、廃棄処分され錆《さ》びて朽ち果てたような車が、無造作に積み上げられている。

どの車も、かつては人や荷物を運ぶのに役に立っていたのだろうに、今は見る影もない。

まさに、車の墓場という感じだった。

「拝見すると、かなり古い車も置いてあるようですが……。持ち込まれた車は、すぐに処分してしまうわけではないんですか」

「…そりゃ、時と場合によるんだよ」

歯切れの悪い言い方に微妙な違和感を感じ、津田は安達の方に向き直った。

「スカリエッティは、いつ処分したんですか？　他の車に較べて、ずいぶん早いように思いますが、何か事情があったんですか？」

「早くちゃまずいのかよ」

ムッとした顔で煙草を揉み消すと、安達は一転して不自然に開き直った。

何かおかしい、と津田は胸の裡で思った。

安達は、何かを隠しているような気がする——。

「だって、おかしいじゃないですか。他の車はあんなボロボロの状態になるまで野積みされているのに、新車同様だったスカリエッティは、あっという間に処分してしまうなんて」

クセのある一重《ひとえ》瞼《まぶた》の目を眇め、安達は一瞬じろりと津田を睨んだ。

「あんた、何が言いたい。俺がその車を隠してるとでも言うのか？」

「えっ⁉」

一瞬、津田は安達が何を言っているのか分からなかった。

そして、理解した瞬間、心奥で「まさか……」と呟いていた。

ひょっとして須永のスカリエッティは、この廃車置き場にまだ残されているのではないか——。

「あるんですね」

津田が賭《かけ》に出る気分でずいと踏み込んだ途端、安達の顔が強張った。

「スカリエッティは、まだ解体されていないんですね」

「処分したって言っただろう！」

確信したように念押しすると、安達は途端に激昂して怒鳴り返してきた。

「そんなに疑うなら、外へ出て自分で探してみろよ！」

窓の外の、積み上げられた廃車の方へ顎をしゃくりながら、安達はまるで津田を挑発するように大声で言った。

「分かりました。そうさせていただきます」

きっぱりと答えると、津田は事務室を出た。

機械油の臭いのする工場を突っ切ろうとした津田を、安達の捨てゼリフにも聞こえる太い声が追いかけてきた。

「勝手にしろ！」

思わず立ち止まり振り向くと、汚れたガラス窓の向こうから、安達が敵意に満ちた刺すような視線を向けている。

いったい、何がそんなにも安達の逆鱗《げきりん》に触れたというのだろうか——。

不自然な安達の言動に、津田の胸に微かな怯《おび》えの混じった不審が広がっていた。

「それにしても」と外へ出てきた津田は、改めて大量の廃車を眺めて呟いた。

この中からスカリエッティを見つけ出すのは、容易ではない気がした。

そもそも、本当にあるという確証はどこにもないのである。

「やるしかないか」

覚悟を決めてそう呟くと、津田は廃車の山へ分け入った。

須永が乗っていたスカリエッティはノーズが長く、特徴のある流線型のボディをしている。

特に、ボディサイドのスプーンで掬《すく》ったような優雅な凹面が印象的な車だった。

シルバーグレーの流麗なスポーツカーは、廃車の山に埋《うず》もれていても強烈な自己主張をしていそうなものだが――。

一台、一台、根気よく丹念に確認して回っていた津田は、低く唸るような機械音に気づき、ふと足を止め頭上を振り仰いだ。

「――っ！」

廃車を吊り上げた真っ黒なクレーンのアームが、まるで威嚇するように津田に迫ってくる。

慌てて走りだした津田の上に、黒々とした影が旋回し覆い被《かぶ》さってきた。

油の切れた軋《きし》むような音が響き、野積みされた廃車の山が不気味に揺れている。

迷路のような廃車の間を、津田は無我夢中で逃げ回った。

でも、日頃の運動不足がたたり、足がもつれた拍子に転がっていた部品に躓《つまず》いて転び、膝《ひざ》を強《したた》かに打ちつけてしまった。

脳天まで響く鋭い痛みに、思わずしゃがみ込んでしまった津田を、クレーンの音が追い立てる。

気力を振り絞って立ち上がると、津田は襲いかかるクレーンから逃れ、物陰に転がり込んだ。

だが、呼吸を整える間もなく再び追われ、痛む足を引きずりながら必死に走りだした。

ダメだ、このままでは潰される！

息が切れ、絶望感に思わずうずくまりそうになった津田の腕を、不意に横合いから摑んだ力強い手があった。

津田が廃車の陰に引きずり込まれるのとほとんど同時に、頭上から車が崩れ落ち地響きがした。

「くぅっ……！」と、津田の背中で押し殺した呻き声が聞こえた。

舞い上がる砂埃の中を津田が振り向くと、津田を庇《かば》うように抱え込んでいるのは深町だった。

その額から、赤い血が一筋流れている。

「間に合ってよかった。大丈夫か？」

瞠目《どうもく》したまま声もなくうなずいた津田に「ここを動くな」と言いおくなり、深町は驚くほど俊敏な動作で身を起こし走りだしていった。

放心したようにへたり込んでいた津田の耳に、「待てっ！　待たんかぁっ！」という深町の太い声が聞こえてきた。

ふたり分の乱れた足音と、何かがぶつかり合う鈍く重い音――。

そして、辺りは静寂に包まれた。

詰めていた息を吐き出しそっと立ち上がった津田が、恐る恐る廃車の陰から出ていくと、深町が手錠をかけた安達を引き立てているところだった。

遠くから、風に乗ってパトカーのサイレンの音が聞こえてきた。

ふらつく足で踏みしめるようにして津田が歩いていくと、気がついた深町が軽く手を挙げた。

「怪我はないか？」

うなずいて、津田は「どうしてここが分かったんだ？」と訊いた。

「事務所に電話したら、秘書の女性が外出中だと言うから。ちょっと、職権を乱用した」

得意げにニヤッと笑った深町に、津田も釣られるように笑みを浮かべた。

朝、法廷へ出る前、津田は連絡用のホワイトボードに行き先を書き込んでおいた。

それを、深町は真知子から訊き出してくれたらしい。

すぐ近くで、けたたましいサイレンの音がふっとかき消すように途切れると、すぐにスーツ姿の男性がふたり駆けつけてきた。

ひとりが深町を見るなり敬礼しているところを見ると、ふたりは刑事らしい。

「ばかやろ、遅いんだよ」

「これでも警部から連絡を受けて、すっ飛んできたんですよ」

まだ若そうな、ひょろりと背の高い敬礼をした方の刑事が口を尖《とが》らせている。

「深町、血が出てるぞ」

静かに指摘したのは、深町と同年配に見える落ち着いた感じの刑事である。

身長は深町と大差ないが、着痩せするタイプで細身に見える深町よりも、がっちりとごつい感じの体格をしていた。

「かすり傷だ」

強がるように言い返し、深町は若い刑事に安達を引き渡した。

「失礼ですが……」

年上の刑事が、津田の方を振り向いた。

「島浦《しまうら》、この人は弁護士だ。別件で動き回って、知らずに虎《とら》の尾を踏んづけただけだ」

「どういう意味だ」

眉を寄せた津田を無視して、深町は「詳しい話は後だ」と島浦刑事に言った。

「事情聴取には、応じてもらえるんだな」

深町が「当然だ」と答えると、島浦たちは納得したらしく安達を引き立てていった。

その後ろ姿を惘然と見送っていると、深町が心配そうに歩み寄ってきた。

「足、大丈夫か？」

「ちょっと打っただけだ。心配ない。そっちこそ、大丈夫なのか？」

ホッとしたようにうなずいた深町の額の血を、津田はハンカチで押さえようとした。

「いい。かすり傷だと言っただろう」

少々邪険に津田の手を振り払うと、深町は「すまん」と呟くように詫びた。

「俺たちも行くぞ」

「行くって、どこへ？」

津田の疑問に答えようともせず、深町はさっさと歩きだしている。

いったい、何がどうなっているのかさっぱり分からない。

訊きたいことは山ほどあったが、仕方なく、津田は深町の後を追っていった。


「横流し!?」

助手席で思わず声をあげた津田に、片手でハンドルを切りながら深町は静かにうなずいた。

「ああ、そうだ。安達は高値で売れそうな車が入ってくると、解体処理したと見せかけて密売グループに横流ししていたんだ。たぶん安達は、真澄が横流しに気づいて、車の行方を調べに来たと思ったんだろう」

そうだったのか、と津田は思った。

だから安達は、スカリエッティの話を訊きに来た津田を、あんなにも警戒していたのだ。

途端にハッとして、津田は深町の方を向き直った。

「もしかして、須永のスカリエッティも?」

「おそらく」と深町は低く言った。

「あんなオイシイ車を、すんなり潰すわけがない。必ず、どこかへ流してる」

「それじゃ……」

前を走る島浦たちの覆面車に続いてウィンカーを出しながら、深町はにんまりと笑った。

「ああ。安達を締め上げれば、出てくる可能性は充分ある」

須永の車が発見されれば、宮下の期待に応《こた》え、孝司の無念を晴らすことができるかもしれない。

津田の胸に、安堵と喜び、そして意外にも寂寥《せきりょう》感が広がっていた。

この事件が解決してしまったら、自分と深町を繋ぐ糸も途切れてしまう。

それは思っていた以上に、津田の心に味気ない寂しさを感じさせた。

津田が思わず唇を嚙みしめた時、不意に深町の真摯《しんし》な声が響いた。

「この間はすまなかった。許してくれ」

ドキリとして目を向けると、深町は強張った顔でまっすぐ前を見つめている。

津田の脳裏にも、あの夜の出来事がフラッシュバックのように蘇っていた。

思わず、シートベルトを握りしめた津田の顔色を窺うようにチラリと見て、深町は深く重いため息をついている。

「スカリエッティが持ち込まれたのが、島浦が内定を続けていると言っていた解体業者のところだと気がついた時、何も知らずに真澄が乗り込んだらまずいことになるかもしれない。捜査上の秘密があるから、何もかも話すというわけにはいかないが、それとなく牽制《けんせい》しておこう。あの夜は、そう思って真澄を待っていたんだ。それなのに……」

悔やむように拳《こぶし》でハンドルを軽く叩くと、深町は苦い物でも嚙んだように顔を歪めた。

「直情径行は俺の悪い癖だと分かっているが……。それにしても俺も修行が足りない。バスルームで水を浴びて、頭を冷やして出てきてみれば、真澄はとっくに消えた後だ。後悔先に立たずとはこのことだと思ったよ」

前方の信号が赤に変わり、深町は車の速度を落とし滑らかに停車した。

「どんなに言いわけをしても、この間、俺が真澄にしたことは暴力以外の何ものでもなかった。真澄がどうしても許せないと思うなら、遠慮なく訴えてくれていい。覚悟はできてる。俺はそれだけのことを真澄にした」

きちんと津田の方を向き直ると、深町は深々と頭を下げた。

「…そんな」

あまりにも思いがけない申し出に言葉を失い、津田は夢中で首を振った。

深町を訴えるなど、考えたこともなかった。

「あの時は、俺も悪かったんだ。話があると最初にちゃんと言われたのに、素直に受け取らずに挑発するような態度を取ったんだから」

「本当にそう思ってくれるのか?」

真顔で問い返され、津田は自嘲交じりの笑みを浮かべた。

「もちろんだ。それに、俺なんかにそんな気遣いは無用なんだ」

「どういう意味だ」

眉を寄せた深町から視線を逸らし、津田は慌てて話を切り上げた。

「…気にすることはないってことだ。ほら、信号変わってるぞ」

「えっ…、あ、あぁ……」

慌ててアクセルを踏み込んだ深町の肩から、目に見えて力が抜けていくのが分かった。

その途端、なんだか目の前の男が急にかわいく見えてしまって、津田は内心で狼狽《ろうばい》した。

そして、泣きだしてしまいたいような気持ちになっていた。


深町が心配したため、津田は念のため、近くの整形外科医院で打った膝を診てもらった。

幸い、骨に異常はなく、もし腫《は》れてくるようなら湿布をしておくようにと言われただけだった。

それから、津田は安達を逮捕した尾上《おのえ》署の生活安全課で、島浦の事情聴取を受けた。

あらかじめ深町から説明があったらしく、津田の事情聴取はほとんど形式的なものとなった。

「最近の弁護士先生は、ずいぶん勇ましいんだなぁ」

津田にプラスチックホルダーのついた使い捨てカップに入ったコーヒーを勧めてくれながら、島浦は感心したように言った。

「ひょっとして、弁護士より刑事の方が向いてるんじゃないですか?」

「とんでもないです」

慌てて打ち消すと、津田は居住まいを正して頭を下げた。

「知らなかったとはいえ、島浦さんたちの捜査をじゃましてしまうところでした。本当に申しわけありませんでした」

「いやいや、お気になさらず。結果的に安達を逮捕することができたんだし、終わりよければすべてよし、ですよ」

「そう言っていただけると、助かります」

恐縮した津田に、島浦は鷹揚な笑みを浮かべている。

少なくとも島浦には、津田の活動によって、警察の初動捜査のミスを明らかにされることへの不快感はないようだった。

そのことに力を得て、津田はそろりと切り出した。

「もし、そちらの取り調べで須永雄一朗氏が所有していたスカリエッティの行方が分かりましたら、教えていただくことはできますでしょうか? もちろん、そちらの捜査に支障が出ない段階で結構なんですが……。わたしに直接連絡いただくのがまずいようでしたら、深町警部にご連絡をいただければと思うんですが」

「分かりました」と島浦は、あっさり承諾してくれた。

「現段階で、出てくると保証はできません。もし見つかれば、必ずお知らせしましょう」

「ありがとうございます」

希望の光を見い出した思いで、津田は最敬礼していた。

ホッとした気分でコーヒーを一口飲むと、香ばしさが身体中に広がる気がした。

「ところで、島浦さんは、深町警部とは親しいんですか？」

「わたしと深町は、警察学校の同期なんですよ。もっとも、深町はとっくに警部になったのに、わたしはまだ警部補で、階級には少々差がつきました」

自分も美味しそうにコーヒーを飲みながら、島浦は冗談めかして肩を竦めている。

「まぁ、あのとおり、猪突猛進《ちょとつもうしん》で思い込んだら後へは引けないって男ですから、あちこちゴツゴツとぶつかってばかりで、結果的にずいぶん損な役回りもしているようですが」

戦友を労るような目をして島浦が言うと、津田は微妙に落ち着かない気分になっていた。

さすがに、深町と島浦の間を邪推するほど津田は愚かではなかったが、ふたりの間に流れる津田の知らない時間に微かな嫉妬《しっと》を感じずにはいられない。

自分はそんなにも深町を独占したくなっているのかと、津田は内心、衝撃を受けていた。

そんな感傷的な気分を振り払いたくて、津田は少しぬるくなったコーヒーを喉の奥へ流し込むようにごくりと飲んだ。

「失礼ですが、津田先生は深町とは、どこで知り合われたんですか?」

「えっ!? ……そ、それは……その。実は警視庁の知り合いに、紹介してもらいまして……」

不意打ちに一瞬しどろもどろになりながら、何もこんなにうろたえることはなかったと思って、津田はかろうじて笑みを浮かべた。

「そうでしたか。わたしはてっきり、彼の刑事部時代に何か係わりがあったのかと思いました」

そう言うと、島浦は言い淀《よど》むように口を噤み窓の外へ顔を向けた。

釣られて津田が目を向けると、いつの間にか陽はすっかり暮れ、風が出てきたのか街路樹の枝がざわざわと大きく揺れている。

そのまま何かを思い迷うように黙り込んでしまった島浦に、津田は怪訝な思いで視線を戻した。

「…あの、どうかしましたか?」

居心地悪く問いかけた津田の方を、島浦は「失礼しました」と意を決したように向き直った。

「津田先生に、一つお訊きしたいことがあります」

「なんでしょう」

それまでの捌《さば》けた感じから一転して硬い表情で言った島浦に、津田も緊張気味に答えた。

「津田先生としては、お調べになっているひき逃げ事件については、検察審査会へ異議申立をするのが本筋、と考えていらっしゃるのですね」

「そうです」

津田の返事に、島浦は大きくうなずいた。

「それでは、スカリエッティの行方が分かり次第、わたしから必ず津田先生に直接ご連絡を差し上げます。ですから、これ以上この件に深町を巻き込まないでやってくれませんか」

「巻き込む……？」

呟くように繰り返した津田を、島浦はまっすぐに見つめ返してきた。

その穏やかそうに見えた双眸の奥に、刑事としての鋭く厳しい光が潜んでいる気がして、津田は無意識に身構えていた。

「津田先生は、深町が刑事部から交通部に異動になった経緯はご存じですか？」

「ええ。深町警部ご自身からお聞きしました」

「それでは、わたしが深町に対して抱いている危惧も、ご理解いただけますね」

「えっ⁉」

口ごもり視線をうろつかせた津田を見て、島浦は落胆したように視線を床に落としている。

「…あの。すみません、どういうことでしょうか」

津田が説明を求めると、島浦は小さくため息をついた。

「詰め腹を切らされた深町は、本来ならどこか所轄署の刑事課へ異動になるはずでした。でも、腕はいいが、日頃から歯に衣着せぬ言動で担当検事にも平気で食ってかかることで知られた深町を、どこの署でもトラブルメーカーだとして引き受けたがらなかったのです。何しろ、我々の仕事は検事に睨まれてしまうと、非常にやりにくくなってしまう側面も抱えていますので」

検察と警察のせめぎ合いについては、津田も以前、深町から聞いて知っている。

でも、それと今回のことと、どんな関係があると言うのだろう。

「それなのに、今度は異動先の交通部でも、検事の初動捜査指揮のミスを暴き立てたということになれば、深町の刑事としてのキャリアは完全に終わってしまうことになりかねない。現に、深町がひき逃げ事件のことで動きだしてすぐ、跳ね上がった単独行動は慎むようにと、交通部長から厳重に釘を刺されているのです。それにもかかわらず、深町はのめり込み突っ走ってしまった」

淡々とした口調で語る島浦の顔を、津田は言葉もなく見つめていた。

「現在の刑事部長は、深町を評価してくれています。だからこそ、交通部長に直接話をして彼を預けたんです。短ければ一年、長くても三年で呼び戻すからと、深町自身にも因果を含めた。このままでは、深町は心配してくれた刑事部長の顔まで潰してしまうことになります」

まさか深町が、そんな事情を抱えているとは夢にも思わなかった。

そう思った瞬間、津田の脳裏に鮮やかに蘇った光景があった。

あれは北方署へ被害調書の作成に出向いた時――。

『今、検察と事を構えるのは、深町警部のためになりません』

あの時、里崎巡査が言った意味がようやく分かった。

「お分かりいただけたようですね」

空になったコーヒーカップを手に、島浦がゆっくりと立ち上がった。

思わず、心許《こころもと》なげな表情で見上げた津田に、島浦はそれ以上は何も言わず「ご苦労様でした。お帰りいただいて結構です」と事務的に告げた。

島浦と別れた津田が外へ出てくると、駐車場で深町が待っていた。津田が事情聴取を受けている間に、どこか病院で手当をしてもらったらしく、額にぐるりと包帯が巻かれている。

それを目にした途端、涙ぐむような切なさが胸に迫《せま》り、津田は深く息を吸い込んだ。

もう充分だ、と思っていた。

切っかけはどうあれ、深町は自分のような男にもったいないほどの誠意を尽くしてくれた。

ケジメをつけよう。今が潮時だ。

そう決意すると、津田はゆっくりと深町に歩み寄った。

「怪我、大丈夫なのか?」

「医者が大げさに巻いただけだ。帰るぞ」

そう言って深町がドアを開けてくれた車の助手席へ、津田は素直に滑り込んだ。

「腹が減ったな」と運転席へ座った深町が暢気《のんき》な口調で言った。

「どこかで何か食っていこう。何が食べたい?」

訊かれた途端、前に深町が作ってくれた鮭缶鍋《さけかんなべ》が食べたい、と津田は反射的に思っていた。

鮭缶と豆腐を味噌《みそ》味で煮込んだだけの鍋は、彩りも悪く、野菜は白菜しか入っていなかった。だが、無骨な深町に似合いの手料理は、身も心も温めてくれるようでとても美味しかった。

できることなら、あの鍋をもう一度深町と囲みたかった――。

「それより、話がある」

カチリとシートベルトを締めながら、津田は感傷を振り払い強いて素っ気なく言った。

「もしもスカリエッティが見つかったら、交通事故の専門家に依頼して鑑定してもらうつもりだ。その結果次第で、検察審査会へ異議申立をしようと思う」

「だから……」と、津田は深町の方へ顔を向けた。

「今日までいろいろ世話になったが、後は俺ひとりでやることにする」

「やっぱり、この間のことを怒ってるんだな」

エンジンキーを回しながら、深町が悔いるように言った。

津田は静かに、でもきっぱりと首を振った。

「そんなことはない。そもそも、俺なんかにそんな気遣いは必要ないと言ったじゃないか」

不意に一度かけたエンジンを切ると、深町はシートベルトまで外して津田の方に向き直った。

「俺なんかって……。その言い方、さっきから気になってたんだ。それはどういう意味なんだ」

至近距離からじっと目を見つめられ、津田は居たたまれず目を伏せた。

知っているくせに、と心奥で弱々しく反駁《はんばく》したが、口に出せるはずもない。

「黙ってちゃ分からないだろう。俺に分かるようにちゃんと説明してくれ」

それなのに、深町はさらりと残酷なことを口にする。

俯きがちに眼鏡を押し上げると、津田は諦めたようにため息をついた。

「初めて会った時、どうして俺に声をかけた？」

「どうしてって……」

らしくもなく、深町は照れたように口ごもっている。

「正直に言ってくれないか」

「見るからに好みのタイプの美人が、ひとりで自棄酒飲んでれば、誰だって声をかけるだろう」

『…お前の取り柄なんて、その顔と身体だけ……』

深町のセリフは津田の心奥で、落合のそれとシンクロした。

微かに、津田の口角が吊り上がった。

それには気づかず、深町は「しかも――」と少し言いにくそうに言葉を継いだ。

「見れば、衿元《えりもと》に弁護士バッジが光ってるじゃないか。…その、なんだ……。俺も弁護士には、痛い目に遭ったばかりだったし……。真面目でお堅い弁護士さんが、どんなふうに乱れるのかちょっと興味があった」

『…普段は真面目な堅物ぶってるヤツに限って、本性は淫乱《いんらん》だったりするんだよな。もっとも、その落差がたまらないんだけどさ……』

浮かびかけた苦い自嘲の笑みを、津田は唇をきつく噛みしめて堪えた。

伏せていた顔をすっと上げ、半ば挑むように問い返す。

「それで、どうだった？　顔と身体しか取り柄のない淫乱を……」

「ちょっと待て」と深町が強い声で遮った。

「顔と身体しか取り柄のない淫乱って、真澄は自分のことをそんなふうに思ってるのか!?」

狭い車内に響いた大声に気圧され、津田はドアに背中をぶつけるように後退り顔を背けた。

「おい、真澄！　こっちを向いて、ちゃんと俺の顔を見ろ」

大きな手で肩を摑まれると、津田の身体にビクンとふるえが走った。

ハッとしたように手を放して、深町は「すまん」と低く詫びた。

その時、パトロールから戻ってきたらしいパトカーが、ゆっくりと駐車場へ入ってきた。

パトカーのヘッドライトに車が照らし出され、深町は舌打ち交じりのため息をついた。

「いつまでも、こんなところに停まってても仕方がない。とりあえず、話は後だ」

そう言うと、深町は素早くシートベルトを締めエンジンをかけた。

「どこへ行くんだ」

「俺の部屋だ。こんな話、外じゃできないからな。帰ったら、じっくり問い質してやる」

半ば怒ったように言うと、深町は津田が何か言う前にアクセルを踏み込んだ。

唇を引き結び無言のまま車を走らせる深町の隣で、津田は深い自己嫌悪に陥っていた。

ふたりの関係はひき逃げの調査が終わるまでというのが、最初からの約束だったのだから、もっとあっさり、こぎれいにカタがつくように思っていた。

できることなら、深町とは落合との時のような修羅場を繰り広げたくはなかったのに——。

それは違うかもしれない、と津田は心奥で思った。

深町のことが好きになってしまった今、想いを断ち切るためには、かえってそれは必要なことかもしれない。

後悔と哀しみの入り混じった感情に呑み込まれまいとして、津田は前を走る車のテールランプを睨むように見つめていた。

帰り着いた深町の部屋は、寒々と冷えきっていた。

深町はまずヒーターのスイッチを入れると、上着を脱ぎ捨て黙ってキッチンへ入っていった。

その背中を見送り、小さく吐息をつくと、津田もコートと上着を脱いでラグに胡座《あぐら》をかいた。

最後に津田がここへ来た時と、こざっぱりと整えられた部屋の様子は何も変わっていなかった。

大雑把そうに見えて、深町は案外まめな質であるらしい。

徐々に部屋が暖まってきた頃、キッチンから電子レンジのチャイムが聞こえた。

「何もないが、とにかく晩メシだ。それでなくとも俺は気が短いのに、腹まで減ってたらろくなことはないからな」

冗談めかして言いながら、深町が電子レンジで温めたらしい冷凍食品のマカロニグラタンと缶ビールを運んできた。

プシュッと音がして、深町が缶ビールのプルトップを押し開けた。

喉を鳴らし一気に半分ほども飲むと、今度は山盛りの粉チーズとグラタンが赤く染まるほど大量のタバスコをかけている。

その様子を、津田は少々呆れて見ていた。

「食わないのか」

低い声に首を振り、津田も熱々のグラタンを口に運んだ。

その隣で、深町も黙々と食事を続けている。

自分の手元だけを見つめ、津田はただ一心に食べ続けた。

まるで、偶然隣り合って座った見知らぬ同士が食事をしているような、会話もなく気詰まりでぎこちない雰囲気の夕食だった。

それでも不思議なもので、空っぽの胃に温かい食事を入れると、ギスギスとささくれ立っていた気持ちが少しずつなだめられていくような気がした。

津田がグラタンの最後の一口を食べ終わり、缶ビールを飲み干すと、先に食事を終えていた深町が待っていたように口を開いた。

「さっき、真澄は自分のことを『顔と身体しか取り柄のない淫乱』だと言ったな。真澄は、本当にそんなふうに思ってるのか？」

微かに頰を強張らせ、津田は俯きがちに小さくうなずいた。

「別に、自分の顔と身体に自信があるわけじゃない。でも――」

抜こうとして抜けない棘の痛みに、津田は口ごもった。

「もしかして、『お前は顔と身体しか取り柄のない淫乱』だと、誰かに言われたのか？」

顔を背け唇を嚙みしめた津田を、深町が腕組みをして見つめている。

「そんなこと、誰に言われた。ひょっとして、初めて会った時に言ってた失恋の相手か？」

さすがと言うべきか、深町の察しの良さに津田の肩がわずかに揺れた。

それだけで、深町には分かったようだった。

「…そうか」と深町が低く呟いた。

「真澄が、もう俺とつき合うのはどうしても嫌だと言うなら、今夜限り後腐れなく別れてやる。だから、どうしてそんなことを言われたのか話してみろ。もちろん、他言はしないと誓う」

「…つき合う？」

思わず視線をうろつかせた津田を見て、深町は眉を寄せた。

「おい、まさか真澄は、俺とつき合ってるつもりじゃなかったなんて言わないだろうな」

慌てたように言った深町に、津田は急いで首を振った。

「そんなことはない。でも、俺たちがつき合ってるのはギブアンドテイクで……」

津田が言い終わらないうちに、深町はがっくりと肩を落とした。両手で自分の頭を抱え込み、深いため息をついている。

「なるほど、そういうことか。…それは俺が悪い。勘弁してくれ」

そう言うと、深町はきょとんとしている津田に向かって頭を下げた。

「あの夜、真澄が店に入ってきた時から、気になってずっと見ていた。要するに、一目惚《ぼ》れしたんだ。でも、真澄はずいぶん落ち込んだ感じで、荒れた飲み方をしていたから口説《くど》くって雰囲気じゃなかった。それでも諦めきれなくて、玉砕覚悟でホテルへ誘ったら、OKだって言うじゃないか。朝になって、酔いが醒《さ》めた時点で、改めてメシでも食いながら口説こうと思ってたのに、真澄は消えた後で……。あの時は本当にガックリした」

驚きに目を瞬《しばた》かせた津田を見て、深町は困ったような照れ笑いを浮かべている。

「だから、思いがけず再会した時は、この千載一遇のチャンスを逃したら、一生後悔すると思った。交換条件なんて強引な手段に訴えたのは、そのためだ。とにかくつき合ってしまえば、こっちのもんだと思ったしな」

最後は悪戯っぽく言って戯けるように片目を瞑った深町を、津田は啞然《あぜん》として見ていた。

まさか深町が、そんなふうに思っていたとは想像もしなかった。

困惑に揺れた津田の視線を、深町の双眸が包むように捕らえた。

「ところで、話を戻していいか？　どうして真澄は、自分を淫乱だと思い込んだ。話してみろ」

なだめすかすように言われ、津田は落合と別れた時の経緯をぽつりぽつりと話し始めた。

「…最初は、ひどい暴言だと思った。でも、冷静になって考えてみたら、落合の言うとおりかもしれないと思い始めたんだ。だって俺は……」

セックスのためだけに、寸暇を惜しんではるばる仙台まで通っていたのだから――。

言葉にできず、津田は切れそうなほどきつく唇を噛みしめた。

傍らで、深町が呆れたように深いため息をついた。

「あのな……。セックスで快感を得られるのは、人間だけだって知ってたか？」

「えっ？」

うなだれるように俯いていた津田は、深町の静かな声にそっと顔を上げた。

「嘘《うそ》じゃないぞ。以前、捜査で知り合った動物学者に聞いたんだから確かな話だ」

少々大げさなほど胸を張って、深町は戯けるように言った。

「動物は発情して交尾をしても、人間のような快感を感じることはないんだそうだ。それなのに、どうして人間だけが、セックスによって快感を得られるのか分かるか？」

首を振った津田に、深町は得意げな顔にあやすような笑みを浮かべている。

「それは、人間にとってのセックスは、心と心のコミュニケーションでもあるからだ。言葉を交わさなくても、身体を重ね快感を共有することでお互いを深く理解し合える。それが、動物のように盛っているだけじゃない、人間のセックスなんだ」

「…心と心のコミュニケーション」

呟くように繰り返した津田に、深町は力強くうなずいた。

「そうだ。だから真澄も、セックスのために仙台へ通っていたなんて、自分を卑下するのはよせ。真澄は、恋人とちゃんとコミュニケーションをとろうと懸命に努力していた。それを理解できなかった相手が大バカなんだ」

深町の言葉は静かに津田の胸の裡へ沁み入り、仄かなぬくみとなって拡散していった。

「コミュニケーションは双方向だ。真澄がどんなに誠実に発信したって、相手に受け止める気持ちがなければ伝わらないってことだ」

そう言うと、深町は「俺も人のことを言えた義理じゃないけどな」と苦笑いを浮かべて照れくさそうに頭をかいている。

声もなく、津田は和らいだ光を湛えた深町の双眸を見つめていた。

落合と別れてからずっと、心奥に垂れ込めていた冷たい霧が音もなく吹き散らされ晴れていく。

津田を見つめている深町の笑みを浮かべた顔が、不意にぼやけたと思った次の瞬間、温かい涙が胸の底に残る凝《しこ》りを溶かそうとするように流れ落ちていた。

ボロボロと後から後から溢れる津田の涙を、深町が指でそっと拭《ぬぐ》ってくれる。

「俺たちも、もう一度最初からやり直してみないか」

突き上げる嗚咽《おえつ》を堪えるのが精いっぱいで、津田はただ黙ってうなずくことしかできなかった。

そんな津田の頤《おとがい》に指先をかけ仰向かせると、深町は啄むように口づけた。

二度、三度と角度を変えながら、そっと唇を触れ合わせるだけのライトなキスを繰り返す。

そうしながら、津田の腰を労るように優しく抱き寄せた。

津田が自分から深町の背中へ腕を回すと、深町はすかさず胸に抱き込むように包んでくれた。

逞しい胸から、すっかり馴染《なじ》んだスパイシーウッディな香りがする。

毛足の長いラグの上に気遣うように津田を押し倒すと、深町は丁寧に津田のネクタイを解き、シャツのボタンを外し始めた。

露《あら》わになった胸に恭しく唇を押しつけられると、それだけで津田の全身にさざ波のような快感が広がっていく。

大切に包まれた宝物を取り出すように、深町はゆっくり丁寧に津田から衣服を脱がせていった。

明るい部屋で、一枚、一枚、服を脱がされるのはとても恥ずかしかったが、一方でくすぐったいような幸福感も津田に感じさせた。

一糸まとわぬ姿にした津田を横抱きにして、深町はベッドルームへ移動した。

壊れ物を扱うようにベッドに横たえられると、津田は閉じていた目をそっと開けた。

傍らで振り捨てるように服を脱ぐ深町を見ているだけで、息苦しいような昂ぶりを感じる。

早く来てほしい。強く抱きしめて、荒々しく揺さぶってほしい。

想いを込め、津田は深町を見つめた。

「そんな顔で煽るなよ。抑えが効かなくなりそうだ」

昂揚感の滲む口調で囁くと、深町がベッドへ滑り込んできた。

まず、幼子を抱くように津田を胸に抱え、大きな掌で髪から頬を撫で背中をさすられる。

触れ合った肌の温《ぬく》もりに、津田は思わずうっとりと吐息をついていた。

仕切り直すように、深町が改めて口づけてきた。

今度は触れるだけではなく、するりと入り込んできた深町の舌が、津田の口腔《こうこう》を馴らすように探っている。

舌先で歯列を辿られ、口蓋《こうがい》を刺激されると、背筋にふるえが走った。

「…ん…ふぅっ……」

絡め取られた舌を甘噛みされ、津田はむずかるように喘いだ。

まるであやすように、深町は津田の全身を丹念に愛撫《あいぶ》した。

掌で肩から胸を確かめるように撫で、ぷつっと立ち上がった乳首を舌先で濡《ぬ》らす。

口に含まれ軽く歯を立てられると、津田の反らした喉が鳴っていた。

気持ちがいい、と津田は思った。

同じように、深町も気持ちよくさせてやりたい。

身体の位置をずらそうと深町がほんの少し身を起こした時を狙《ねら》って、津田はくるりと身体の位置を入れ替えた。

よもや、自分にこんな器用な芸当ができるとは思わなかったと、内心で苦笑する。

というより、自分から積極的に動くのは初めてかもしれない。

考えてみれば、自分もコミュニケーションの取り方がヘタだったのだ、と津田は思った。

だから、恋人と心がすれ違ってしまっていることにもなかなか気づくことができず、よけいに傷を深くしてしまった。

今度こそ、深町が発信してくれるメッセージを、全身で受け止め、そして返したい。

耳を澄ますように、津田は深町の逞しい胸に頬を寄せ、割れた腹筋を唇で辿った。

津田がそそり立つ深町の屹立《きつりつ》を口に含むと、深町の腰がピクリと跳ねた。

実のところ、テクニックにはあまり自信がなかったが、津田は口いっぱいに頬張ると気持ちを込め丁寧に舌を這わせた。

深町の手が津田の髪をかき回すように撫でている。

津田が深町の先端を舌先で丸く辿りこじるようにすると、髪を摑む手に力がこもった。

深町の太股《ふともも》に置いた津田の掌の下で、逞しい筋肉が徐々に張りつめていくのが分かる。

それをなだめるように津田が撫でると、深町が低く押し殺した声を洩らした。

深町が自分の愛撫で快感を得ていると思うと、身体の奥深いところから歓びが熱い塊になって凝縮してくるのが分かった。

深町が欲しい、と津田は切羽詰まったように思っていた。

するると、まるでそれが伝わったように、半身を起こした深町が津田の両腕を摑み引き上げた。

熱を孕んだ深町の目を見た瞬間、津田は首に縋りつき、ねだるように口づけていた。

口づけたままもつれるように組み敷かれ、膝裏に手を当てられて両脚を大きく開かされる。

恥ずかしいと思う間もなく、最奥を舐められ、津田の腰骨に甘い衝撃が走っていた。

「っ…あぁ……ん、……ふっ、…ぅん……」

深町は舌で津田の内奥をたっぷり濡らすと、今度は熱くふるえる屹立をねっとりと舐め上げた。

「やっ…、だめっ……。あーっ、ぁっ…あぁぁっ……」

喉奥から嬌声がほとばしり、あられもなく開いた太股が痙攣する。

津田が深町の分厚い両肩に思わず爪《つめ》を立て首を打ち振り限界を訴えると、深町はようやく身を起こした。

熱を孕み潤んだ目で縋るように見つめる津田を見て、深町は舌なめずりするようにぺろりと唇を舐めてみせた。

それを目にしただけで、津田は弾けてしまいそうだった。

お互いに何も言わなくても、どこをどうしてほしいのか、相手が何を感じているのか手に取るように伝わってくる。

これが、心と心のコミュニケーションなのだ、と津田はふるえるような歓びの中で思った。

深町の舌で充分に舐めほぐされた入り口に、灼熱の屹立が押し当てられる。

自ら迎え入れるように、津田は腰をうねらせた。

ずっしりと重量感のある深町が、グイグイと津田を押し広げるように突き進んでくる。

その甘い苦痛に背筋を反らし、津田は鼻にかかった喘ぎ声をあげた。

これが欲しかったのだ、と心の底から思う。

他の誰でもなく、深町とこうして一つになりたかったのだ。

そっと目を開けると、目の前に深町の顔があった。

投げ出していた腕を持ち上げ、津田は指先で確かめるように深町の頬に触れた。

通った鼻梁《びりょう》を辿り、唇をなぞると、舌先で指の先を舐められた。

たったそれだけのことでも、身の裡が疼《うず》くような快感を感じる。

「…潤毅」

囁くように初めて呼ぶと、津田の深奥で深町がドクンと熱く脈打つのが分かった。

「真澄……」と密《ひそ》やかに呼び返され、津田は夢中で太い首に抱きつき口づけていた。

途端、津田の中心を深々と穿《うが》っている深町がさらにグッと膨らむのが、粘膜を通じてリアルに伝わってきた。

同時に、津田の身体中で小さな快感の火花が散った。

舌を絡ませたまま、深町がゆっくりと動き始めた。

津田の奥の奥まで暴き立てようとするように、力強く腰を打ちつけてくる。

呼応するように、津田の内奥も深町に熱く絡みつき締めつけていた。

ずるりと引き抜きかけ、突き上げるように揺さぶられる。

「あーっ、あっ、あっ……！」

そのたびに背骨の中心を電流が走り抜け、津田は叫ぶように喘いだ。

追いつ追われつ、互いが互いを刺激し走り続けている。

瞼の裏が白光して、津田はもう何も考えられなくなっていた。

泣き咽ぶような自分の喘ぎ声が、どこか遠くから聞こえてくるような気さえする。

「…真澄、ま…すみ……」

耳元で、深町の促すような声が聞こえた。

「ぁんっ…、ひ…ろき……っ！」

呼び返した津田が自身を解放するのと、深町が津田の深奥で弾けるのとほとんど同時だった。

追い上げられるのでも、引きずられるのでもなく、それはまるでふたり一緒に風に乗って舞い上がるような瞬間だった。

滑空するグライダーのように緩やかに空を漂い、ふたりはゆったりと着地した。

セックスって、こんなに気持ちのいいものだったんだ――。

痺れるような恍惚《こうこつ》感に浸りながら、津田は満ち足りた深い眠りの底へ滑り落ちていった。

明け方近く、深い水底から浮かび上がるように、津田はぽっかりと目を覚ました。

こんなにぐっすりと眠ったのは、ずいぶん久しぶりのような気がする。

すっきりとして、気持ちのよい目覚めだった。

小さく身じろぎすると、耳元で「目が覚めたのか」と低い囁きがした。

そっと巡らせた視線の先に、和らいだ光を湛えた深町の双眸があった。

「よく眠っていたな」

髪を撫でながら、幼子を慈しむように言われると、急に恥ずかしくなってしまう。

薄く微笑んだ唇を、ちゅっと音を立てて啄まれた。

気怠《けだる》い幸福感に酔うように目を閉じかけ、津田はまだ何か深町に言わなければならないことがあったような気がして目を開いた。

「…そうだ」と小さく呟く。

「須永の車が見つかっても見つからなくても、今分かっている事実をもとに検察審査会へ異議申立をしようと思うんだ」

同意するように、深町は黙ってうなずいた。

仮にスカリエッティが発見され事故の痕跡《こんせき》が残っていたとしても、運転していたのが須永だと証明することは弁護士の津田にはやはり難しい。

検察審査会へ異議申立をして、北方署に再捜査を促してもらうのが一番確かで手っ取り早い方法だと津田は思っていた。

あくまでも、異議申立をしたのは被害者の遺族の代理人である弁護士津田真澄であって、警視庁交通部の深町潤毅の名前は表に出ないようにしたい。

これまで、一方ならぬ尽力をしてくれた深町の手柄を横取りするようで気が咎めるが、さりとて島浦に聞かされたように上司や検察の深町に対する心証を悪化させることだけは避けたい。

ただ問題は、それをどうやって深町に納得してもらうかなのだが——。

「ここまで来られたのは、何もかもすべて潤毅のおかげだ。本当に感謝している。でも、もうここまででいいから」

微かに眉を寄せ、深町は探るような目をして津田を見た。

その視線から逃れるように目を伏せ、津田は慎重に言葉を選び静かに続けた。

「潤毅が好きだ。愛してる。だからこそ、これ以上、迷惑をかけたくないんだ」

「…迷惑? 俺がいつ迷惑だと言った」

低く問い質され、津田は答えに詰まって小さく首を振った。

「そうか。島浦だな。島浦に何を言われた」

「これ以上、検察と事を構えると、潤毅のキャリアに影響が出ると……」

諦めて白状すると、津田は顔を上げ深町と目を合わせた。

「島浦刑事だけじゃない。里崎巡査も、とても心配していた。俺も、潤毅の将来をフイにしてまで協力してもらおうとは思わない」

「俺を見くびるなよ」

わずかに怒気を感じさせる声で低く言うと、深町はゆっくりと身を起こしヘッドボードに寄りかかった。

「確かに、俺は上司だろうと検事だろうと、言うべきことはハッキリ言う主義だ。それを、スタンドプレーだと非難するヤツもいれば、トラブルメーカーだと嫌うヤツもいる。それでも、俺は自分のやり方を変えようとは金輪際思わない」

強い口調できっぱりと言いきった深町の彫りの深い横顔を、津田は気圧されたように見つめた。

この揺らぐことを知らない強い意志は、いったいどこから来ているのだろう。

数瞬目を伏せ、激しかけた気持ちを鎮めるように小さく息をつくと、深町は改めて津田を見た。

「俺が敵を作るのを承知で歯に衣着せぬもの言いをするのは、手柄を立てたいからじゃない。世の中には何度捕まっても、性懲りもなく犯罪を犯すヤツもいるが……。たいていは、自分が犯罪者になるとは思いもしなかったという場合が多い。まして、被害者にとっては一生に一度の不運な出来事だというのがほとんどだろう。その両方に真剣に向き合い、何が正義で何が真実なのか見極めようとする姿勢を失ったら、警察官でいる資格もなくなると思うからだ」

消え入りたいような思いで、津田は淡々と語る深町の言葉を聞いていた。

「俺は恥ずかしい」

目を伏せ、津田は悄然《しょうぜん》と呟いた。

胸に苦い自己嫌悪の念が湧き上がっていた。

「宮下さんから相談を受けた時……。もし検察審査会への異議申立で不起訴不当を勝ち取ることができたら、弁護士としてのステップアップに繋がる。そうすれば、今よりももっと手応えのある大きな事件を扱わせてもらえるようになるかもしれない。そう思って、俺は引き受けたんだ」

企業の歯車として働くのではなく、立場の弱い人や困っている人の力になれる仕事をしたい。

そう思って、弁護士になったはずだったのに――。

いつの間に、自分は初志を忘れ去ってしまったのだろう。

「そんなに自分を責めることはないさ」

慰めるように、深町が言った。

「どんな仕事であれ、ステップアップを望む気持ちがなかったら、結果的にいい仕事をすることもできないんだ」

俯きがちに、津田はむずかるように首を振った。

「しっかりしろよ、真澄。だったら、宮下孝司の事件を、弁護士としてのお前の原点にすればいい。それだけのことだろうが」

「…原点」

「そうだ」

力強く肯定されると、津田の胸に新たな意気込みが蘇っていた。

この男には敵《かな》わないと、津田はしみじみと嬉しく思った。

「須永の件に関しては、スカリエッティの所在が確認できた時点で、もう一度考えよう」

何か思うところがあるようにそう言うと、深町は窓の外へ目をやっている。

「夜が明けてきたな」

釣られて津田も顔を向けると、半分ほど開いたカーテンの隙間から白み始めた空が見えていた。


島浦から、須永雄一朗が所有していたスカリエッティが発見されたと津田に連絡があったのは、それから四日後だった。

安達は、かなり大がかりな密輸グループの一員だったらしい。

解体処理をしたと見せかけて安達が横流しした車は、その密輸グループによって中国や東南アジアなどへ転売されていたのである。

幸い、須永の車は海外へ運ばれる寸前で押さえることができた。

ただちに深町から連絡を受けた北方署交通課が動き、押収した車の検証が行われた。

その結果、須永が所有していたスカリエッティには確かに事故の痕跡が残されていたのだった。任意同行を求められた須永は、さすがに逃れられないと観念したのか、ついにひき逃げの事実を認め逮捕された。

その晩、津田は仕事帰りに、深町が行きつけにしているという居酒屋で落ち合った。

深町からメールで教えられた店は、表通りから一本脇に入った小さな雑居ビルの中にあった。建物もエレベーターも驚くほど古びている。

本当にこんなところに、深町が行きつけにしている店があるのだろうかと、津田は一瞬不安に思ってしまった。

それでも、エレベーター脇の壁に、深町が知らせてきた店の名前が書かれたプレートが貼《は》りつけられているのを見て、津田は思いきって上階へ上がっていった。

津田が入り口の引き戸を開けると、「いらっしゃい！」と即座に威勢のいい声がかかった。

「よぉ」とカウンターから、深町が振り向いた。

「悪い。遅くなった」

「俺もちょっと前に来たばかりだ」

深町の隣に腰を下ろし、出されたおしぼりを使いながら、津田は改めて店内を見回した。

天井は打ちっ放しのコンクリートである。

バースタイルの背の高い一枚板のカウンターの向こうには、大きな生《い》け簀《す》が据えられて魚が何匹も泳いでいる。

まさに、大人の男が隠れ家にしてひっそり楽しみたいような、おしゃれで落ち着いた雰囲気の空間が広がっていた。

「いい店だな」

「そうだろう？」

嬉しそうにうなずいてから、深町は津田の前にお品書きを滑らせた。

「今夜は祝杯だ。なんでも好きな物、頼んでいいぞ」

「任せるよ」と津田は、深町の方へお品書きを押し返した。

「それじゃ、とりあえず刺身の盛り合わせとごま豆腐。酒は日本酒にしよう。奥播磨《おくはりま》を」

コクのある豊潤な日本酒で、ふたりはささやかな祝杯をあげた。

「今回の件、捜査一課と交通課の合同捜査本部が設置されることになったそうだ。宮下孝司のカルテやレントゲン写真も押収して、徹底的に調査する方針のようだ」

「それじゃ……」

ぐい呑みを手にしたまま顔を向けた津田に、深町は静かにうなずいた。

「須永が主治医という立場を悪用していた可能性もある。殺人罪も視野に入れてやるということで、検察がしゃかりきになっているらしい」

肩を竦めた深町に、津田もため息で答えた。

今頃になって、しゃかりきになるくらいなら、最初から初動捜査をきっちりやってくれればと思ってしまう。

「今日、宮下さんが事務所へ来たよ。これで弟も浮かばれると言って、泣いて喜んでいた。潤毅にも、くれぐれもよろしく伝えてほしいと何度も重ねて言われた」

照れくさそうに薄く笑って、深町は満足そうにうなずいている。

今回の立役者は、間違いなく警視庁交通部の深町潤毅警部であったにもかかわらず、結局、深町の手柄にはならなかった。

仕方のないことだと思いつつも、津田は内心それが残念でならない。

「刑事部へは、いつ頃戻れそうなんだ」

「どうかな」と深町は、まるで他人事のようにのんびりと答えた。

「交通部へ異動になるときに、短ければ一年、長くても三年。ほとぼりが冷めた頃に呼び戻すからと刑事部長に因果を含められたが……。空手形にならない保証はどこにもないからな」

冷や酒をクイッと美味そうに干して、深町は津田の方を向いた。

「俺は別に、このまま交通部所属でも構わないと思ってるんだ。どこであろうと、与えられた職場で警察官として全力を尽くすだけだ」

「本庁以外でも？」

「当然だ」

即答した深町の迷いのない表情を、津田は清々《すがすが》しい思いで見つめていた。

「心配しなくても、どんなに俺が飛ばされたって東京都内だ。遠恋にはならないから安心しろ」

「そんなこと言ってないじゃないか」

恨めしそうに眉を寄せた津田を見て、深町は唇の端に和らいだ笑みを浮かべた。

「あ、でも小笠原《おがさわら》も東京都だったな。どうする？　俺が離島の駐在所勤務になったら」

「俺も一緒に行く」

からかい交じりに訊いた深町に、津田は真面目な顔で即座にきっぱりと答えた。

「潤毅が離島の駐在所勤務になったら、俺は追いかけていってそこで開業する」

言ってしまってから急に恥ずかしくなって、慌てて目を伏せた津田の耳元で低い囁きがした。

「頼もしいな」

そっと視線を向けると、深町が嬉しげに目を細めて見つめていた。

その目に宿る鋭いけれど透明な光が、津田に自分自身を取り戻させ、歩くべき道筋も示してくれたのだと思う。

だから、これからは津田も深町を支えられるようになりたい。

「そうだろう？」

だが、胸の裡の想いを口にすることはせず、津田はやすらいだ思いで静かに微笑んでいた。

救急搬送されてきたひき逃げの被害者を手術したのは、当の犯人だったという驚きの事実は、マスコミにも大きく取り上げられた。

しかも、それを隠すために、検察審査会への異議申立のために調べを進めていた弁護士まで、車でひき殺そうとしていたのである。

津田のもとへも、新聞記者からワイドショーのリポーターまでが大挙して取材に殺到し、一時は仕事にも支障が出る始末だった。

それから半月あまり――。

騒々しかったマスコミの興味も、今はすっかり他の話題へ移っていた。

おかげで、連日鳴り響いていた事務所の電話もようやく沈静化してきて、いつもの日常が戻りつつあった。

「テレビ出演の申し込み、全部断っちゃったの、もったいなかったんじゃないですか？　ドキュメント現代とか、しっかりした硬派の番組くらい引き受けたらよかったのに」

いかにも残念そうに言う真知子に、津田は微笑みながら首を振った。

「テレビになんか出て、世間を狭くするのは真っ平だよ。第一、取材なら、一番の当事者である宮下さんが被害者の遺族として受けるべきだ。それに、検察審査会へ異議申立をした結果ならともかく、結局、申し立てをする前に警察が動いて解決したんだから、俺の出る幕じゃないよ」

今回、津田がマスコミの取材を必要最低限しか受けないと決めたのは、自分はあくまでも縁の下の力持ちに徹しようと思ったからだった。

何より、津田の名前がマスコミに喧伝されることで、深町にまで影響が及ぶようなことはできる限り避けたかった。

「それより、矢部《やべ》さんの訴訟準備はできてるかな」

「ええ、大丈夫です」

矢部というのは、業績不振の勤め先の社長から、一方的に自宅待機を言い渡されてしまったと相談に来た男性である。

きちんとした『解雇』という形にすれば、解雇予告手当として一ヶ月分と仕事をした日割分の給料を社長は支払わなければならない。

それを惜しんで、社長は矢部が自主的に退職するよう仕向けているのだと訴えていた。

もう元の職場に戻るつもりはないが、もらうべきものはきちんともらって辞めたいと言う。

「これ、もとは岩田先生のところへ持ち込まれた相談ですよね」

いつもながら、どことなく不満そうな真知子の口ぶりに、津田はつい苦笑してしまった。

相変わらず岩田は、手間のわりに見返りの少ない事件を扱いたがらなかった。

『裁判にすれば多額の費用がかかる。しかも、勝てる保証はない』

そう言って、岩田が相談を断ろうとしていると知って、差し出がましいがと津田が自分から頼んで引き受けさせてもらった相談である。

「まぁ、仕方がないよ。岩田先生には、岩田先生のやり方があるんだから」

なだめるように言った津田を、真知子はため息交じりに見た。

「津田先生は、ほんとに人がいいんだから」

真知子にしてみれば、いつまでも津田ばかりが一方的に損な役回りを押しつけられているように感じてしまうのだろう。

違うよ、弁護士として、本当に自分がやりたいと思ったから引き受けたんだよ——。

そう言いかけて、偉そうな持論を振り回すことになってはかえって恥ずかしいと、津田はひっそりと苦笑した。

「弁護士会の少額事件援助制度を活用すれば、矢部さんの負担も低くてすむだろうし。解決まで、きっとそんなに時間はかからないと思うよ」

少額事件援助制度は、当事者が支払う金額が五十万円以下の事件を対象として、依頼者が弁護士に支払うべき着手金の一部を弁護士会が援助する制度のことである。

唇を尖らせたままうなずくと、真知子は辺りを憚るように声を潜めた。

「岩田先生が、少額事件援助制度の援助金は弁護士会の持ち出しなのに、津田先生は安易に使いすぎるっておっしゃるんです」

「それは違うと思う」と津田はきっぱりと言った。

「弁護士もボランティアではないから、実際問題として『ペイしない事件』は引き受けにくいというのも事実だ。少額事件援助制度は、それを引き受けやすいようにという趣旨で設けられた制度なんだから、必要に応じて弁護士はどんどん活用するべきなんだ」

それでなくとも、弁護士は高いというイメージがある。それに惑わされて、相談そのものを諦めてしまうのを防ぐためにも、援助制度の積極的な活用が必要だと津田は考えていた。

「だから、少額事件援助制度が適用できそうな相談が入ったら、絶対に断らないでくれないか」

「津田先生、なんか変わられましたね」

どこか眩しげに目を細めて言われると、津田は照れたように目を伏せた。

以前の自分なら、趣旨に賛同し、弁護士としてやるべき仕事だと頭では分かっていても、心のどこかに『やらされている』という思いを抱えていたかもしれない。

でも今は違うと、津田は自信を持って言うことができた。

『しっかりしろよ、真澄。だったら、宮下孝司の事件を、弁護士としてお前の原点にすればいい。それだけのことだろうが』

深町が、津田の背中を大きな手でどやしつけるように言ってくれた言葉――。

あの一言が、津田の今をしっかりと支えてくれていた。

「それじゃ、俺はこれから拘置所へ面会に行ってくるから。後はよろしく頼みます」

「充君のところですね」

被害者に怪我をさせてしまったことは認めるが、ナイフで刺したのは一度だけで、被害者の服を突き刺したり切り裂いたりは絶対にしていない。

充の主張を、津田は正面から受け止める覚悟を決めた。

被告のたったひとりの味方である弁護士が疑ってかかっていたのでは、真実は何も見えてこない。そう思ったのである。

だが、いくら弁護士でも、被告の言うことを鵜呑《うの》みにはできない。

津田は充の言い分に真剣に耳を傾け、その上で手間を惜しまず、充の主張に不合理な点がないか丹念に吟味していった。

そうするうちに、斜に構えてふて腐れていた充の態度が、目に見えて変わってきた。

素直な反省の言葉も口にするようになり、自分の酒癖が悪いのを自覚して、もう酒は飲まないとまで言うようになっていた。

「充君、勤めてた塗装会社の社長さんが、情状証人を引き受けてくれたと知って、すごく喜んだみたいですね。社長さんのところへ、お礼状が届いたそうですよ。ご迷惑をおかけしたのに、証人を引き受けてくれて感謝してますって」

なんとか情状証人を引き受けてくれるようにと、津田は何度も社長に頭を下げに通った。

充が深く反省していることを伝え、どうか立ち直る手助けをしてやってほしいと頼み続けた。

その甲斐《かい》あって、社長もついに証言することを約束してくれたのである。

「うん。他の従業員の手前もあるから、再雇用は難しいと言われたけれど。でも、真面目に働いていたことは証言してくれると言ってくれた」

「よかったですね」

本当に嬉しそうに、真知子もホッとした口調で言った。

「この分なら、執行猶予がもらえるかもしれませんね」

充はまだ充分に若い。人生をやり直す時間はたっぷりあると、津田は思っていた。

そのためにも、なんとかして執行猶予がつくように尽力してあげたい。

「まだ予断は許さないけど、そうなるように頑張らないとね」

気を引き締めるように言うと、津田はブリーフケースを持って立ち上がろうとした。

すると、不意に懐の携帯電話がブルブルと振動を伝えてきた。

慌てて取り出してみると、液晶画面に浮かんでいるのは『深町警部』の名前である。

途端ににやけそうになった顔を慌てて引き締めると、津田は携帯電話を耳に当てた。

「もしもし……」

真知子に目で合図をすると、津田はそのまま事務所の外へ向かって歩きだした。

『例の傷害の小僧、引受先が見つかりそうだぞ。塗装会社じゃないが、知り合いの左官職人の親方が、本人にやる気があるなら面倒見てもいいと言ってくれてる』

深町に充の再就職先のことを相談したのは、執行猶予の可能性が出てきた先週のことだった。

それからすぐ、深町は心当たりをあたってくれていたらしい。

「本当か？　それはいい。左官職人なら、手に職をつけることもできるし。実は、ちょうどこれから面会に行くところなんだ。会ったら早速話してみるよ」

事務所を出てエレベーターホールへ向かいながら、津田は弾むような声で返した。

『ただし……』と深町は釘を刺すように続けた。

『執行猶予がついたら、という条件だ』

グッと緊張して、津田は唇を引き結んだ。

責任重大だと、改めて身の引き締まる思いがする。

「任せてくれ」

エレベーターを呼ぶボタンを押しながら、津田は胸を張って答えた。

「絶対に、執行猶予勝ち取ってみせるから」

弁護士として、弱気になどなってはいられない。

『お手並み拝見だな』

含み笑うように言ってから、深町は囁くように言った。

『ところで、今夜は来られそうなのか？』

「ああ」と答えてから、津田は思いきって言ってみた。

「よかったら、今夜は俺の部屋へ来ないか？」

『……いいのか!?』

一瞬の戸惑《とまど》ったような沈黙の後、あまりにも嬉しさを隠せない声が返ってきて、津田は思わず微笑んでしまった。

別に避けていたわけではないのだが、いつも深町の部屋を津田が訪ねるのが習慣のようになってしまっていて、なんとなく今日まで深町を招きそびれてしまっていたのである。

「もちろん。ただし、悪いが俺は料理はからきしだから、夕食は期待しないでくれよ」

『そんなことは分かってる』

ちぇ、と津田が戯けるように舌打ちすると、受話器の向こうで深町も長閑《のどか》な笑い声をあげた。

「なるべく早く帰って待ってるよ」

ほのぼのとした歓びに包まれて、津田は幸せを噛みしめるように答えた。

『分かった。土産《みやげ》は何がいい?』

「ええ?　何もいらないよ。子供じゃあるまいし」

甘やかされているくすぐったさに、嬉しいけれど恥ずかしくて頬が火照《ほて》ってしまう。

『ビールはあるのか?』

「あー、切れてたかもしれない。頼んでもいいか?」

『よしビールは俺が買っていこう。他にも何かあるようなら、メールしておいてくれ』

素直に甘えると弾むような返事が返ってきて、津田の含羞《がんしゅう》を帯びた笑みはさらに濃くなった。

「分かった。それじゃ、待ってるから」

そう言って津田が電話を切るのと同時に、到着したエレベーターのドアが開いた。

内ポケットへ携帯電話を落とし込むと、津田は晴々とした思いで颯爽《さっそう》と足を踏み出していた。


その晩、深町が津田の部屋へやってきたのは九時過ぎになってからだった。

インターフォンが鳴った途端、まるで初めて恋人を自分の部屋へ迎え入れる少年のように胸がときめいてしまい、津田はそんな自分に思わず苦笑してしまった。

いそいそとリビングから玄関へ向かい、ドアを開ける。

「お疲れ」

「悪い。遅くなった……」

出迎えた津田の顔を見た途端、深町があれっと言う顔で瞬きをした。

途端に照れくさくなってしまって、津田は俯きがちに含羞《はにか》んだように笑った。

「眼鏡、どうしたんだ」

「コンタクトにしてみたんだ」

以前深町に、眼鏡とコンタクトを、オンとオフで使い分ける気はないかと訊かれた。

津田自身、それっきり忘れていたのだが、休みの日に買い物に出たついでにふと思いついて眼科で処方箋《しょほうせん》を書いてもらい購入したのである。

使い捨てのソフトレンズを装着してみたのは、購入後、今夜が初めてだった。

「覚えててくれたのか」

深町の精悍《せいかん》な顔が、嬉しげにくしゃりと崩れた。

「…おかしいかな」

「そんなことないさ。かわいいよ」

生憎、男の津田がかわいいと言われても、嬉しくもなんともないはずなのだが——。

それでも、なんとなく面映《おもは》ゆく感じてしまうのは、惚れた弱みなのだろうか。

「眼鏡が壊れた時のスペア代わりになるかと思って買ったんだ。潤穀のためじゃない」

リビングへ案内しながら、わざと素っ気なく言った津田に、深町は低く含み笑った。

「真澄、もっとよく見せてくれよ」

明るい部屋の真ん中で、津田の頤に指をかけ深町が囁いた。

素直に仰向いた津田の唇に、深町の唇が重なってくる。

「…見なくていいのか」

立ったまま、ふたりは互いの唇を深く静かに貪《むさぼ》った。

壁際に置いたコーナーソファに並んで腰かけると、宅配のピザと深町が買ってきたビールで、ふたりはささやかな夕食を摂った。

相変わらず、深町はピザが真っ赤になるほどタバスコを振りかけている。

「そんなにかけて、辛くないのか？」

「火を吹きそうなのが好きなんだ」

「ヘンなヤツ……」

軽口を叩き合いながらの自宅での食事は、人目を気にする必要もなく、のんびりとしてとても心地よかった。

津田は、いつまでも深町とこうしていたいと素直に思っていた。

「須永の件、聞いたか？」

低い声に、津田は小さくうなずいた。

ひき逃げで逮捕された須永は、検察が殺人罪も視野に入れて捜査すると意気込んだにもかかわらず、結局ひき逃げに関しては過失致死罪で起訴されていた。

「市原先生から連絡をもらった」

「そうか」

前代未聞の不祥事に見舞われた須永総合病院では、病院を上げて捜査に協力をしたと、市原医師は苦渋に満ちた声で言っていた。

実際、そうするしかなかったのだろう。

その結果、須永の宮下孝司に対する医療行為には、何一つ作為はなかったと判明したのだった。

『それだけが、唯一の救いです』と市原は、疲れきった沈んだ声で言っていた。

「孝司さんが救急搬送されてきてから、亡くなるまでの三日間、須永は何を考えていたんだろう」

「必ず助けると思っていたそうだ」

深町の声に、津田は驚いて顔を向けた。

「宮下孝司をはねてしまった時、怖くなってついそのまま逃げてしまった。救急車受け入れ要請が来た時、須永はすぐに自分がはねた男性だと気づいたそうだ。脳外科医として、それが自分にできる唯一の償いだと思い、自分のすべてを注ぎ込んで必ず助けようと決心したと……」

「でもそれなら、どうして外傷性ではなく内因性だなんて、警察に嘘を言ったんだ」

今になってそんなことを言われても、矛盾しているし釈然としない。

「もしも自分が犯人だと分かってしまったら、自分の手で助けることができなくなってしまうと考えたようだ。孝司の容態が安定したら、自首するつもりだったと供述したらしい」

なんとなく分かる気がしないでもない、と津田は思った。

ずっしりと重い贖罪《しょくざい》の十字架を背負いながら、須永は生死の境を彷徨《さまよ》う孝司に懸命の処置を施していたのだろう。

しかし須永は、なんとかして孝司の意識を取り戻すべく必死の努力を続けながら、一方で意識が戻るのを怖れてもいたのではないか。

そう思うと、須永の抱え込んだ闇《やみ》の深さや葛藤《かっとう》の凄《すさ》まじさに、息が詰まるような気がした。

「ところが、孝司が息を引き取ってしまった瞬間、須永の心に悪魔が忍び込んだ」

「自分さえ黙っていれば、このまま真実を封印できると思ったんだな」

深いため息交じりに、深町がうなずいた。

誰にも知られず、罪を逃れることができるかもしれないという誘惑に抗《あらが》える人間は、そう多くはいない。須永も、つい心を狂わせてしまったのだろう。

「逮捕されて、ホッとしたと須永は言ったそうだ。これから先、一生罪の意識を背負って生きていくことに変わりはないが、これでやっと道を踏み外した人生をリセットすることができると。任意同行を求められてすぐ、須永は犯行を認め、事故当時の詳しい状況や、真澄の件も自分から進んで供述したそうだ」

「それなら、どうしてもっと早い段階で自首しなかったんだ」

「プライドが捨てきれなかったんだろう」

憐《あわ》れむように言った深町に、津田も哀しい気持ちで目を伏せた。

一つ昏《くら》い秘密を抱え込んでしまえば、それを糊塗《こと》するためにさらに罪を重ねるハメになる。

結果的に、須永はひき逃げ事件を隠蔽《いんぺい》しようとして、津田まで襲ってしまった。

「真澄を殺すつもりはなかったそうだ。ただ警告を与え、手を引かせようと思った。本当にバカなことをしてしまったと言って、須永は取調室で号泣したそうだ」

逮捕されたことで、ようやく須永は本来の自分を取り戻したのかもしれなかった。

どうして、もっと早く真実を明らかにする勇気を持てなかったのか、そう思うと津田は残念でならなかった。

「いつ捕まるかと、須永も気の休まる日は一日もなかったんだろうと、里崎が言ってたよ」

そうか、深町の所へ連絡を入れたのは、里崎巡査だったのかと思った途端、不覚にもつい口が滑っていた。

「里崎さんとは、ずいぶん親しいみたいだな」

言ってしまってから、シマッタと思ったが遅かった。

ピクリと反応して片眉を吊り上げ、深町はニヤッと笑った。

「なんだ。妬《や》いてるのか？」

揶揄《やゆ》するような声に、津田はかあっと頬が熱くなるのを感じてそっぽを向いた。

「バカなことを言うな」

憮然として言い返し、手にしていた缶ビールを流し込む。

「お互いに十代じゃあるまいし。潤毅がいつ誰とつき合ったことがあろうと、いちいち目くじら立てるほど俺は子供じゃない」

怒ったように言った津田の肩を、深町がそっと抱き寄せた。

津田は形ばかり振り払おうとしたが、結局、素直に深町にもたれかかった。

「安心しろ。里崎とつき合ったことは一度もない。里崎がまだ交番勤務だった頃にかわいがったことがあるせいか、向こうはひどく懐いてくれてるが。俺にとっちゃ、弟みたいなもんだ」

「ふうん、弟ね……。便利な言葉だな」

深町が嘘をついているとは思わなかったが、津田はわざと拗《す》ねたように言ってみた。

「実は、あちこちに血の繋がらない弟がいるんじゃないのか？」

「なんだよ。なんで、そんなふうに思うんだよ」

ムッとして言い返してきた深町に、津田は検察側の証人に鋭く反対尋問をする弁護士さながらに言った。

「潤毅はラブホテルの事情にすごく詳しいようだが、それはどうしてなんだ？　日頃から、いろんな相手と利用してるからじゃないのか？」

一瞬、きょとんとしたように目を見開いてから、深町はガックリ脱力するように長く尾を引くため息をついた。

「…真澄。俺を誰だと思ってるんだよ。俺は警視庁捜査一課の刑事だったんだぞ。事件の聞き込み捜査で、昼日中からラブホテル回りをするのなんか日常茶飯事だ」

なんだそうか。そう思った途端、津田はついくすっと笑ってしまった。

ホッとしたように、深町も苦笑交じりに吐息をついている。

「信じてくれたか？　そりゃ、俺だって今まで遊んだことは一度もないなんて、そんな聖人君子ぶったことを言うつもりはない。でも、これから先は津田真澄ただひとりだけだ。約束する」

真摯な口調に胸が熱くなってしまって、深町の肩に頭を乗せたまま津田は黙ってうなずいた。

そんな津田の髪を、深町が優しく撫でてくれる。

甘酸っぱい歓びに包まれて、津田はうっとりと目を閉じていた。

すると――。

「酔っぱらったな」

大して飲んでもいないのに、わざとらしくそんなことを言うと、深町は津田を抱きかかえたままごろりとソファに寝ころんでしまった。

狭いソファで身を寄せ合うようにして、ふたりはじっと横たわっていた。

隙間もなく重なった背中や肩先から、津田の全身に深町の体温がやわらかな和みとなって流れ込んでくる。

それは、切ないほどの安らぎとなって、津田を包み込んでいた。

津田がそっと身を起こして深町の顔を覗き込むと、穏やかな光を湛えた目が眩しげに瞬かれた。

「せっかく買ったコンタクトだが、もうやめた方がいいな」

「どうして？　やっぱり、見馴れないから変な感じがするか？」

太い指先で津田の頬をなぞり、深町は首を振った。

「かわいすぎて、絶対に誰にも見せたくない」

「…かわいいって……」

きゅっと眉を寄せ嫌な顔をした津田の顔を引き寄せ、深町がちゅっと啄んだ。

「怒るなよ。本当なんだから仕方がない。眼鏡を取って、いつでもこの顔を見られるのは俺だけの特権だ。そうだろう？」

ねだるように言われ、仕方がないのでうなずいてやると、苦しいほどきつく抱きしめられた。

深町の鎖骨の辺りに顔を埋め、津田はじっと動かずにいた。

身体の奥に、欲望の火が灯《とも》りつつあるのを感じている。

でも、それは決して急激なものではなかった。

ひたひたと寄せてくる満ち潮に浸っているような心地よさが、津田にうっとりとした陶酔感すらもたらしていた。

「なんだか、このまま眠ってしまいそうだ」

目を閉じたまま耳元で囁くと、深町が愛《いと》しげに低く含み笑ったのが聞こえた。

「なら、俺が起こしてやるよ」

くるりと器用に身体を入れ替えると、深町は両手で津田の頬を挟み口づけてきた。

勇躍躍り込んできた舌が、津田の熱をかき立てるように口腔を探っている。

絡め取られきつく吸われると、それだけで津田の喉が鳴っていた。

「目が覚めたか？」

閉じていた目を開けると、津田はうっすらと微笑んだ。

真っ暗な隘路《あいろ》に踏み込み迷子になりかけていた津田を、明るい光の下へ連れ戻し覚醒《かくせい》させてくれた頼もしい男。

津田が後悔の底に沈みそうになった時も、力強い腕で荒波から引き上げてくれた。

深町と一緒なら、もう道を見失うことはないだろう。

刑事と弁護士――。

立場は違っても、かけがえのないパートナーとして、どこまでもともに歩んでいきたい。

両手を伸ばし、津田は深町の頬にそっと触れた。

トクントクンとしだいに鼓動が高鳴り、身体が走りだしたがっているのが分かる。

隙間もなく身体を重ね、心が一つに溶け合うまで、深町と愛し合いたいと思う。

「愛してる。潤毅に会えて、本当によかった。あの晩、俺に声をかけてくれてありがとう」

心からの想いを込めて告げると、思いがけず深町の目がうっすらと潤んでいた。

「本当にそう思ってくれるのか？」

「もちろん」

きっぱりと答えてから、津田は深町の胸に頬を寄せ甘えるように誘った。

「そろそろ、ベッドへ行かないか……」

あとがき

こんにちは。お久しぶりです、高塔望生です。

アズ・ノベルズさんからの二冊目の本、『真夜中に揺れる向日葵』をお手にとっていただき、ありがとうございました。お楽しみいただけたでしょうか。

ご意見、ご感想など、ぜひお寄せいただければと思います。

今回のイラストは、高峰顕先生にお願いすることができました。

高峰先生には、わたしが本格的に商業誌でお仕事を始める切っかけになった作品にも、イラストを描いていただいたことがあります。

その時からずっと高峰先生の大ファンでしたので、今回、久しぶりに描いていただけることになりとても嬉しかったです。

高峰先生の描いてくださった深町や津田は、わたしの脳内イメージをさらにパワーアップさせたステキさでドキドキしてしまいました。

お忙しい中、快くお引き受けいただき、本当にありがとうございました。

ぜひまたご一緒できればと願っていますので、今後ともどうぞよろしくお願いいたします。

担当のＦ山さんには、前回に引き続き大変お世話になりました。

お手数ばかりおかけし申しわけありませんが、これからもご指導よろしくお願いいたします。

今年の夏は、猛暑と言うより酷暑と言った方が相応しい記録的な暑さでした。

九月になってもまだ厳しい残暑が続いていますが、朝晩など少しずつ秋の気配も忍び寄っているようです。この本が皆さんのお手元に届く頃には、紅葉も盛りになっているでしょうか。

この本をお手にとって下さった皆さんにとりまして、爽やかな実りの秋となりますよう心からお祈りしたいと思います。


それでは、またお目にかかれる日を夢見て。

二〇〇七年九月吉日

高塔望生　拝

・津田と一緒にア然としたシャケ缶鍋…。
ネーミングも最高です（笑）
しかし食べてみたくなりました――。
美味しそう♥

A.Takamine
ありがとうございました♥

この本を読んでのご意見・ご感想・
ファンレターをお待ちしております。

〒101-0051
東京都千代田区神田神保町1-19　ポニービル3F
（株）イースト・プレス　アズ・ノベルズ編集部

真夜中に揺れる向日葵《ひまわり》

2007年11月20日　初版第1刷発行

著　者：高塔望生
装　丁：くつきかずや
編　集：福山八千代・面来朋子
発行人：福山八千代
発行所：㈱イースト・プレス
〒101-0051
東京都千代田区神田神保町1-19　ポニービル6F
TEL03-5259-7321　FAX03-5259-7322
http：／／www.eastpress.co.jp／

印刷所：中央精版印刷株式会社

ISBN978-4-87257-852-2 C0293

オール書き下ろし！
アズノベルズ
AZ・NOVELS
究極のBLレーベル同時発売！
毎月末発売！絶賛発売中！
万華鏡の花嫁